麦田阳光

美丽乡村助读书系

乡村助读，让中国的乡村
从风景到精神愈加美丽。

麦田 阳光

美丽乡村助读书系

乡村助读，让中国的乡村从风景到精神愈加美丽。

门前的田野

MENQIAN DE TIANYE

高洪波 顾问　陈彦玲 主编

曹文芳　著

山西出版传媒集团 山西教育出版社

图书在版编目（CIP）数据

门前的田野 / 曹文芳著. — 太原 ：山西教育出版社，2024. 5

ISBN 978-7-5703-3905-1

Ⅰ. ①门… Ⅱ. ①曹… Ⅲ. ①散文集—中国—当代②短篇小说—小说集—中国—当代 Ⅳ. ①I217. 2

中国国家版本馆 CIP 数据核字（2024）第 085987 号

门前的田野

MENQIAN DE TIANYE

选题策划 李梦燕
责任编辑 周 宇
复　　审 霍 彪
终　　审 李梦燕
装帧设计 王春声 薛 菲
印装监制 蔡 洁

出版发行 山西出版传媒集团·山西教育出版社
（太原市水西门街馒头巷 7 号 电话：0351-4729801 邮编：030002）
印　　装 山西基因包装印刷科技股份有限公司

开　　本 890 mm×1240 mm 1/32
印　　张 5. 5
字　　数 84 千字
版　　次 2024 年 5 月第 1 版 2024 年 5 月山西第 1 次印刷
书　　号 ISBN 978-7-5703-3905-1
定　　价 36. 00 元

根植乡野，眺望远方（代序）

李东华

把“美丽乡村助读书系”做成精品，为新时代新乡村新少年的成长助力，这个美好心愿，把出版者、策划人、作家、编辑聚集在一起，大家郑重其事地播下种子，然后怀着庄重而又快乐的心情，等待所有努力慢慢发芽。

我曾经有幸数次参加“我的书屋我的梦”乡村少年儿童阅读实践活动征文的评审工作，印象最深的就是2019年。面对从海量征文中初选出的近千篇作品，我油然而生一种“一夜好风吹，新花一万枝”的惊艳感。按照评委会要求，终评委们需要优中选优，再从中挑出几十篇最终获奖文章，这可让我犯了选择困难症，因为每一篇都像枝头迎着东风初绽的花朵，各有各的姿态，各有各的鲜妍，共同构成了蓬勃的春天，哪一朵都可爱得叫人不忍心舍弃。

但我想，我的这种“纠结”是一种喜滋滋的纠结——让人一下子就能感觉到，无论大江南北，全国各地乡村的孩子们，并不是仅仅某一地因为水土适宜而长势良好，而是齐刷刷地在拔节成长。这算是从空间这个维度的横向比较。再沿着时间轴纵向来看，我们可以清晰地感受到这几年的征文质量一年比一年高。从这些或长或短的文章中可以看出，孩子们的阅读内容越来越丰富了，小说、童话、诗歌，科幻、军事、历史、天文、地理……不同体裁不同领域，不论古今中外，凡属人类留下的智慧结晶，都在他们尚属稚嫩却又充满好奇的目光之内，都留下了他们求知和探索的小小脚印。

我想，也正是因为阅读的广博，让他们不管是生长于哪片偏僻的乡野，都能够从浩瀚的书海中汲取无穷无尽的滋养，获得世界性的视野。你能够从字里行间捕捉到一种“初生牛犊不怕虎”的淋漓元气，一种与周围世界、与他人、与自我对话时落落大方的自信表情，一种对祖国、对人类、对万事万物的真挚的爱。而这一切的呈现，又依赖于他们对于语言文字的日渐流畅的、自如的运用。

俗话说“熟读唐诗三百首，不会写诗也会吟”，阅读对于一个人写作能力的反哺，是这些征文给予我的第一个鲜明印象。

那些已初步呈现出汉语言之美的遣词造句，那些灵动的、智慧的表达，那些对于生活细节的敏锐、精准的描摹，那些既充满孩子气又闪耀着思想光芒的惊人之语，都无不让人生发“后生可畏”的赞叹。

所以说，尽管摆在眼前的是一篇篇无言的征文，却分明让人看到了征文背后所站立的那一个个活泼泼的、天真烂漫的孩子，看到了新时代乡村少年儿童因阅读的积累而敢于讲述的不一样的“中国故事”。

对于孩子和国家、民族的关系，已经有很多精辟的认识和论述。“孩子是祖国的花朵”，“孩子是民族的未来”，“少年强则中国强”。然而，如果希望孩子们能撑起国家的明天，他们首先要撑起自己的明天，而阅读则是他们撬动未来命运的支点。“忠厚传家久，诗书继世长”，这是在中国乡间最常见的对联，一代又一代的人家将它贴在大门上，可见在我们民族的潜意识中，书籍和人品是支撑一个国、一个家千秋万代延续下去的两根最坚实的立柱。将这样的对联贴在家门上，贴在最显眼的地方，就是在每时每刻提醒每一个人。我想这是一个有着五千年璀璨文明的民族最智慧的共识。而要把这一共识真正落到实处，最需要着力的地方就是乡村了。

相比于有父母督促而阅读环境更优越的都市孩子来说，乡村孩子的阅读可能更需要政府、社会的引领，尤其是数千万父母不在身边的留守儿童，阅读既是他们获取知识的有效途径，更是滋养他们心灵的精神引领。

我常常想，一个人需要有自己的书柜，一个家庭需要有自己的书房，一个城市需要有自己的公共图书馆，那么一个乡村，当然更需要有自己的书屋。

阅读“‘阳光麦田’美丽乡村助读书系”这套书，对孩子们来说，能够得到的是思想和精神上潜移默化的熏陶和滋养。而持续地写作、出版一些适合乡村孩子阅读的好书，让这些书在助力乡村少年儿童阅读方面发挥作用，无疑是功在当代、利在千秋的事业——我们不妨来个小小的假设，全国有六十多万个乡村，假设每个乡村书屋中的书籍，能够像投入湖心的石子，哪怕只在十个孩子的心中荡起涟漪，那么全国就会有六百多万个乡村孩子从阅读中受益。

美丽乡村既要实现生态意义上的“绿水青山”，也要构建精神层面的“绿水青山”，从这个意义上讲，用优质图书和阅读协助、帮助、辅助乡村阅读，繁荣乡村文化，是建设美丽乡村的有效路径。

面对这些适合乡村少年儿童阅读的文字，我似乎可以看到，未来的他们，因今天的阅读引领而描绘出自己的梦和憧憬。

这些梦，将根植于他们生活的山乡旷野，更将呼应着远方的星辰大海。

目录

散文

短篇小说

麦田阳光

散文

SANWEN

码　头

题记

天空的晚霞落到了河里，染得河水红彤彤的，在河里找凉爽的孩子们早回家烧晚饭了，河面很寂静。一只晚归的水鸟，羽毛洁白晶莹，掠过水面，飞进岸边的青青竹林，留下一串清脆的鸣叫，倒增添了河面的幽静。

家家居河而住，穿过屋后的竹林，便是碧青的河，河水透明见底。

河边码着长长的石阶，顺阶而下便是一米见方的青石板。母亲时常蹲在这石板上汲水、洗衣。这就是我眼中的码头。幼时的我喜欢蹲在码头上，遥看对岸的农场和河面的景致。

仓房上爬满了青枝绿叶的藤藤蔓蔓，墙角横着一只只大石磙子，不知从哪儿来的野猫，慵懒地躺在上面。很寂静。

河面上有一只两头尖翘的小木船划过，水浪轻轻拍打着石板。要是一条带篷的大船摇过水面，水浪就奔跳着撞击石板，撞出一层层浪花来。一群白鹅游过水面，犹如一朵朵白莲漂着，水浪温柔地抚摸着石板，喃喃细语。大多时候，河面和农场一样寂静，闪着波纹，一波撵着一波走，亮灿灿的。

我喜欢看河面的景致，更喜欢在码头上折腾。

我从河岸的石阶上，一层一层地往下跳，跳到紧挨水面的石板上，再一级一级往岸上爬。就这样上上下下地折腾，跳得汗涔涔的，倒也乐此不疲。

久而久之，码头便成了我最好的玩伴。

一到夏天，河两岸的孩子们扑腾在河里找凉爽。而我喜欢戴顶草帽，拿来小水桶、小铁锹、小刷子，趴在河边一遍遍地刷洗码头。

先蹲在青石板上汲水，提上河岸，从第一级泼下去，清澈的水落在石板上，夹着泥水“咕噜噜”往下流，又流到河里。

我用水一层层地冲洗。

石板的东边嵌在泥土里，水一冲，泡软了的泥土粘在石板上，我就用小铁锹铲。然后，用小刷子一遍遍地刷洗，刷得兢兢业业。

一洗就是半天，码头被我洗得水淋淋的，我自己也汗淋淋、水淋淋的。

石板被刷得没有一点泥，没有一丝灰尘。

谁要上码头，我就堵在岸边，绝对不允许他们穿鞋踩在洁净的石板上，偏要他们光脚。母亲要洗菜、提水，来河边次数多，有些不耐烦，埋怨我一天到晚把码头洗得湿漉漉的。姐姐们笑我顶个热太阳洗码头，是吃饱了撑的。哥哥说我是个“勤劳”的小傻瓜。只有父亲夸赞我，小小年纪就能那么耐心地做事，长大了可不得了。

不管大家怎么说，看着被清水洗涤得一尘不染的码头，我的心里一片沁凉。

我惬意地坐在光亮的石板上，托着下巴，静静地看对岸农场和河面的景致。

农场上落满夕照，躺在石磙子上的野猫不知躲哪儿去了。只见漂亮的姑娘站在水边，用长长的舀子从河里舀水，泼洒在那些青藤蔓上。

天空的晚霞落到了河里，染得河水红彤彤的，在河里找凉爽的孩子们早回家烧晚饭了，河面很寂静。一只晚归的水鸟，羽毛洁白晶莹，掠过水面，飞进岸边的青青竹林，留下一串清脆的鸣叫，倒增添了河面的幽静。

我坐在清爽的码头上，心里透亮，看什么都是一片明净。

村里买了拖拉机

题记

拖拉机一直开，天空高悬的太阳好似在和拖拉机赛跑，一直跑，总是跑在我们的前面，越跑拉开的距离越大。我觉得有点奇怪，拖拉机跑那么快，怎么没有太阳跑得快呢?

村里要买一辆拖拉机，这消息好似一股旋风，眨眼间，刮得全村上下都知道了。

不久，村里就派一个年轻人去小镇学开拖拉机，年轻人斜挎军黄色的书包，挂着一只白瓷缸，挺直腰杆，在村里人羡慕的目光中走了。

一个月后，远处响着“突突突”的机器声，在寂静空旷的田野间，传得很远，大人小孩听到响声，几乎是一起从河边的一间间屋里走出来，沿着田埂，纷纷涌到村头。

年轻的拖拉机手开着一个“大家伙”进村了，那神气，真是“趾高气扬”。大人小孩站在路两侧，让庞大的拖拉机骄傲地走过，然后，跟随拖拉机，走过一片片田地，走到农场上。

拖拉机稳稳地停在一排瓦房前。

这台拖拉机比课本上画的拖拉机还神气，后面挂着一节车厢，车厢四面有半人高的挡板。

拖拉机手对我们这群孩子很严厉地说：“拖拉机不能随便碰，一碰，就会跑起来，它会吃掉你们的。”说着做了一个令人惊悚的鬼脸。

大家看了一阵，夸了一番，就散开了，孩子们随着大人回家，一个个都佯装对拖拉机不在意、不感兴趣，但一个个“心怀鬼胎”，转一圈，不约而同又回到农场来看拖拉机。

每一个孩子心中都住着一颗名为“好奇”的种子，尽管惧怕拖拉机手的危言，可一旦“好奇”萌发，畏惧就被抛得远远的，对着拖拉机流露出无限的喜欢。

起初，大家先是用手摸摸，后来，互相递一个眼神，“哗啦”一下，一个个爬进了车厢里，笑啊，跳啊，把拖拉机手的警告忘得一干二净。

结果吵嚷声太大了，惊动了回家休息的拖拉机手，拖拉机手从屋里出来，看到一群孩子站在拖拉机上喧闹，气得撒腿跑向农场。

我们过于兴奋，竟然看不到从田埂上跑来的拖拉机手，直到拖拉机手跑进农场，吼叫着：“一群小坏蛋，拖拉机是给你们玩的吗？你们这群胆大的小坏蛋。”

我们的喧闹声戛然而止，一个个呆立在拖拉机的车厢里，直到拖拉机手戳在我们面前，一个个才争着往下跳，匆匆而逃。

我们没能畅快地玩耍，拖拉机就更具有神奇的吸引力，一次又一次把我们吸引到拖拉机前，爬上爬下。

拖拉机手一次又一次冲到拖拉机前，对着我们怒吼。

后来，变成猫捉老鼠的游戏，结果拖拉机手这只猫累了，我们这群小老鼠还兴致勃勃的。

一天，我们一群孩子又爬到车厢里玩，远远看到拖拉机手走向农场，我们一个个埋伏在车厢里，纹丝不动。

拖拉机手走来，直接坐到座椅上。拖拉机开了起来。

起初，我们十分紧张，接着就觉得无比兴奋，我们居然能坐在拖拉机上兜风，这事做梦都没有想到。

拖拉机手专心开着拖拉机，压根儿没有想到身后的车厢里藏着几个孩子。我们从车厢里露出小脑袋，看到熟悉的树，熟悉的房屋、河流、稻田朝身后“唰唰”飞去，都变成流动的风景。

风吹拂着我们的头发，吹飘我们的花衣裳，我们好似在风中飞着，真是开心极了。

拖拉机开出了村子，开过村前的大拱桥，沿着一条大路笔直地向西开。路两侧是高耸的大树，一棵棵从我们身边迅疾闪过。开过大路，拐入一片树林，拖拉机在林间小路飞跑。

拖拉机一直开，天空高悬的太阳好似在和拖拉机赛跑，一直跑，总是跑在我们的前面，越跑拉开的距离越大。我觉得有点奇怪，拖拉机跑那么快，怎么没有太阳跑得快呢？

眼看着太阳滑到西边，天空燃烧着晚霞，绿色的树林都被点燃一片嫣红。这时，太阳突然下坠，远处的树枝用力托住下坠的太阳，可太阳依旧想躲起来，一个劲儿往下滑，一闪，没了影儿。

天晚了，起风了，我们感到身上凉凉的，禁不住哆嗦起来。

此时，跑了半天的拖拉机累了，停歇在一座沙石场前。

拖拉机手从车座上下来，看到车厢里露出的一颗颗小脑袋，惊得目瞪口呆，愣了半天才缓过神，气得疯狂吼叫："你们这群小坏蛋！"

沙石场的叔叔阿姨围过来，一看就明白了，哈哈大笑，笑我们这些孩子太顽皮了。又有人笑拖拉机手："你太粗心了，这群孩子跟着你走了这么远的路，你居然不知道。"

拖拉机手"扑哧"笑了，感叹着："哎，你们这群孩子幸好一个个没伤着，要不我回家怎么和村里人交代。"

拖拉机手是来沙石场帮村里装沙子回去建房屋的，结果带出我们这群孩子，这可麻烦了，车厢里没地方装沙子了。拖拉机手只好又带着我们回村里。

回家的路上，我们失去了来时的兴奋，又冷又饿，紧紧地抱在一起取暖，没有心思仰望星空。

这是一个没有月光的晚上，天很黑，星星稀少，流淌在天空的银河模模糊糊，除了拖拉机前的一束灯光，四周都黑漆漆的。

等到我们回到村里，已经很晚。

村里人早不安起来：这群孩子去哪儿了？去东头的三旺庄了，还是去西头的小镇了？还是出什么事了？……他们拎着马灯在农场、大河湾、村庄的店铺、土窑、碾坊、河边寻找着，当听到夜空下响着“突突突”的拖拉机声，这才想起村里不仅走丢了一群孩子，还有一台拖拉机。

大家拎着马灯，寻着拖拉机的光亮走到了农场。

等到拖拉机稳稳地停在农场上的一排瓦房前，我们才从车厢里哆哆嗦嗦地下来。

大人看到我们又冷又饿的可怜样，舍不得训斥了，忙着把自家的孩子带回家吃饭。

那天，我们过足了坐拖拉机的瘾，一个个疲倦极了。

可怕的雷雨天

题记

就在我后悔时，蓝蓝的天突然变脸了，一股风“呼呼”而来，一声高过一声，风速一浪高过一浪，门前田野中的水稻，菜园里的瓜果，花园里的花草，窗下的银杏树，在风中嘶鸣着，呜咽着，呻吟着。

挂在墙上的小喇叭预报天气：今天有雷雨。

我咋咋呼呼跑出来告知大家：“小喇叭说有雷雨。”

在天井洗衣服的母亲抬头看了一眼天，轻描淡写地说：“天空亮亮的，哪来的雷雨？”

小喇叭里的天气预报常常不准，说下雨，结果出大太阳，说晴天，结果下大暴雨。一次，两次……预报不准，母亲很难把小喇叭里的天气预报当真了，她总是相信口口相传的气象谚语，“东虹日出西虹雨”“天上鱼鳞斑，晒谷不用翻”“早霞不出门，晚霞行千里”“晚虹晴，朝虹雨”。

今天，母亲依旧不相信小喇叭里的天气预报，低头把一盆衣服洗干净，晾在天井的绳子上晒。

看着晾衣绳上的衣服，我也不相信今天有雷雨了，但心里还是有点不安，没有像往日一样，撒腿在田野上跑。我怕万一雷雨来了，来不及跑回家躲雨，遭雷电袭击就糟糕了。

我十分害怕雷雨天。

因为我吃饭“漏嘴巴”，经常把饭撒地上，母亲总爱吓唬我：“你又不好好吃饭，糟蹋粮食要响雷打头的。”

每逢雷雨天，我就默默忏悔，一遍遍地求：“雷公公，我以后肯定好好吃饭，响雷不要打我的头。”

后来，村里的宣传栏里张贴出一张张关于雷电的图片。我一下子懂得很多雷电知识，不再相信母亲的吓唬。心里暗暗笑母亲迷信，原来雷雨天里，可怕的不是“轰隆隆”的雷，而是亮晃晃的闪电。雷雨天，不能站在大树下，不能踩在水洼里……我知道哪些东西导电，哪些东西不导电，结果懂得越多反而越害怕雷雨天了。雷雨天一旦到来，我就一屁股坐在大木凳上，因为木凳不导电。即使木凳受潮导电了，传到我的身上，只要我的脚不落地，电流在我身上就跑不起来。我总是双腿盘坐在木凳上，实在要下地走路，我就穿不导电的塑料凉鞋或者木头鞋，单脚落地，一条腿跳着往前走，这样，电流在我身上就形成不了回路。

自从琢磨出这套方法，我安心了许多。

今天小喇叭说有雷雨，但我等了许久，还是没有雷雨。早知道这样，我就该相信母亲的话，放心出门玩。

就在我后悔时，蓝蓝的天突然变脸了，一股风“呼呼”而来，一声高过一声，风速一浪高过一浪，门前田野中的水稻，菜园里的瓜果，花园里的花草，窗下的银杏树，在风中嘶鸣着，呜咽着，呻吟着。

“雷雨来了！”我惊呼起来。

在房间里写小说的哥哥冲了出来，在田里拔草的姐姐跑了回来，在厨房里做活儿的母亲跑了出来，嘴里叽咕着：“真是怪天气，说下雨就下雨了。”

我笑母亲：“‘东虹日出西虹雨。’是你不相信小喇叭说今天有雷雨的。”

母亲没时间搭理我，忙不迭收起晾在绳子上的衣服，哥哥和姐姐把天井的木桌抬回屋，我把小板凳搬回屋。刚进屋，我就看到了放在天井的酱油缸，赶忙喊母亲：“妈妈，酱油缸没有盖。”

母亲从厨房里拿来大木桶反扣在酱油缸上。

等一切忙完，我们严阵以待雷雨的到来时，风忽然停歇了。

过了一会儿，乌云滚滚而来，遮盖了天空，雨开始滴滴答答落下。一开始，雨落得很温柔，一滴一滴落在墙角的一盆花草上，落在攀爬在厨房墙上的瓜藤、瓜叶上，落在天井的银杏树上。

接着风一旋，雨“哗啦”一甩，开始撒野了，风和雨在天地间疯狂起来。我赶忙坐到大木凳上。刚坐下，一个闪电就打下来了。

母亲和哥哥姐姐不在意雷雨天。哥哥接着埋头写小说，母亲和姐姐们忙着烧午饭，厨房的屋顶上冒出一股炊烟，在风雨中摇摇晃晃，尽力向高空飘，可惜没有飘多高，就在风雨中散了，没了踪影。

风狂，雨更狂。一时间，风对着雨狂吼，把一根根雨线吹得如同喝醉了酒，前仰后合。雨气疯了，倾泻而下，密密匝匝，把风淋得湿漉漉，风更怒，使劲甩开雨。雨砸在瓦顶上，砸在池塘里，砸在田野里，砸在玻璃窗上，“哐啷哐啷”直响。

我盘腿坐在大木凳上，看门外的风雨，风在声嘶力竭地呼啸，吹得屋后竹林里的竹子相互扑打。墙角的一只花盆，在天井“骨碌碌”地滚动。银杏树上的片片绿叶，在风中旋舞，一个踉跄，纷纷跌在水洼里。

雷公公挥着蓝色的闪着亮光的手臂，在空中画出一道道闪电，随之发出震耳欲聋的声音，那声音脆响，如同棒槌砸在钢板上，发出一连串“咯吧咯吧”声，一声高过一声，滚在天际。

雷公公好似想震住风，想震住雨。显示它才是天空和大地真正的主宰。

可是风一点不在乎，吹起口哨，“呜——”，好像在故意激怒雷公公。雨也不在乎，随着风的口哨声，在空中旋转起舞，展示自己妖娆的舞姿，气得雷公公一次次挥舞蓝色手臂，怒吼着。

漫天是风，漫天是雨，满眼是蓝色的闪电，满耳朵是雷鸣，我盘坐在大木凳上，吓得一动不动。

直到中午，风、雨、闪电、雷鸣都没有停息。

母亲喊“吃午饭了”。我宁可饿着，也不能在这样的雷雨天下地到厨房吃饭。

哥哥哄我：“别怕，我背你到厨房去，你的脚不踩在水里，就不可能碰到电了。”

我坚决地摇摇头：“不行，你的脚踩在水里，你身上有电，就会传到我身上的。”

哥哥“扑哧”一声笑了：“雷雨天有那么可怕吗？你坐在木凳上半天也没敢下来。”

回家吃午饭的父亲宽慰我：“没事的，我们家的屋顶上有避雷针。”

母亲叹息：“我们家小丫头的命最值钱了。”

姐姐们“哧哧”笑，笑我是个胆小鬼。

后来，父亲提议把饭菜搬回到堂屋里吃吧。母亲向父亲唠叨：“你把小丫头宠得无法无天的。”母亲虽然嘴上这么说，但已经冒着狂风暴雨雷电，把饭菜一趟趟往堂屋端了。

我双腿盘坐在大木凳上吃午饭，吃得安安稳稳。

午后，雨停了，风静了，雷公公躲到云朵后面了，一切是那么安静，让人置疑，这天地间曾经发生过那么一场激烈的风雨雷电大战吗？

我离开了大木凳，站在天井里。银杏树更加青翠，青砖墙、青瓦顶格外油亮。我深深吸一口雨后的清新空气，撒腿跑了出去。

雨后的田野到处水汪汪的。稻田里的水涨满，流向沟沟渠渠，又“汩汩”一路流，从沟渠流到小河里，小河又流到村头的大河里。河面豁然宽了，水淹没了码头的台阶。

我飞跑在田野上。一切都干干净净。

吹泡泡糖

题记

终究是一场梦，在吹泡泡糖这件事上，我实在是个笨丫头。

邻居二婶家来了上海的亲戚，是二婶的表侄女和她四岁的女孩。

女孩叫小豆豆，长得像个洋娃娃，白白的皮肤，大大的眼睛，一头鬈发，戴着蝴蝶结，穿着小喇叭裤，神气又漂亮。我们一群乡下孩子挤在二婶家的天井里，盯着小豆豆看。

小豆豆一点不怕生，很大方地圆着嘴，一吹，吹出一个白色的泡泡。眼看着泡泡渐渐变大，白色渐渐透明，像一只小气球长在嘴边，“噗”一声脆响，泡泡炸了，小豆豆的嘴边长出了白胡须。她伸出舌头轻轻一舔，白胡须都被卷到嘴里。再一吹，嘴边又吹出一个白色的泡泡。

我们十分惊奇。

二婶的表侄女看我们眼里的惊讶，笑着说：“小豆豆的嘴里是泡泡糖。小豆豆，给姐姐们一人一块糖。”

小豆豆回屋拿出糖果盒，我们纷纷把手缩到身后，直摇头。小豆豆不知所措了。

二婶对我们说：“拿去吃吧，没事的。”

我们接过小豆豆手里的一块块泡泡糖。

这是我们乡下孩子第一次听到和见到泡泡糖。

糖纸上印着一个小女孩，鬈发，戴着漂亮的大蝴蝶结，嘴边吹着一个大泡泡，那样子很像小豆豆。我们一看糖纸就爱不释手，一个个把泡泡糖捏在手里舍不得吃。

二婶的表侄女提醒我们：“泡泡糖只能用嘴嚼烂，然后吹，吹出泡泡来，不能咽到肚子里。”

我们点点头，拿着泡泡糖飞快地跑了。

我一口气跑回家，兴奋地把泡泡糖拿给哥哥姐姐看，拿给母亲看，向他们渲染，小豆豆吹出多大多大的泡泡。

母亲有些不信："你吃了看看，糖还能吹出泡泡来?"

哥哥姐姐一个劲儿让我吹泡泡糖。

我舍不得把整块糖都扔到嘴里，掐三分之一扔到嘴里，还有三分之二又包到糖纸里。

泡泡糖甜甜的，嚼一会儿，甜味没了，黏糊糊的。我学小豆豆，把糖顶在舌尖上。可是，没等我吹气，舌头就把糖顶破了。一次又一次，都以失败告终。

母亲和哥哥姐姐都笑了。

我可不是一个笨丫头，怎么不会吹泡泡糖？我实在不服气，出去兜一圈，看看大家有没有吹出泡泡来。

大多数孩子和我一样，吹不出泡泡，但邻居家的小惠姐，一吹一个泡泡，比小豆豆吹得还大。

小惠姐很是得意，看到大家围着看，吹出一个比一个大的泡泡，大家"哗哗"鼓掌。

小惠姐比我大两岁，个头跟我一样高，跑步没有我快，跳高没有我高，跳绳、踢毽子没有我多。她会吹泡泡糖，我一定要会吹泡泡糖。

我一琢磨，觉得嘴里的糖太少，自然吹不出泡泡来。我狠狠心，把剩下的三分之二都放到嘴里。

我舍不得扔掉漂亮的糖纸，贴到床头的木板上，让它天天陪我睡觉。

我耐心地嚼着嘴里的泡泡糖，嚼出韧性来，然后把泡泡糖细心地平铺在舌头上，用心一吹，“扑哧”一声，破了。一遍遍地嚼，一遍遍地吹，一遍遍地响着“扑哧”声。

把牙嚼酸了，嘴唇吹得麻涩涩的，我依旧没有吹出一个泡泡来。

大家练习了大半天，虽说没有小惠姐能耐，吹出的泡泡只有豆粒大，但都会吹了。只有我，一个米粒大的泡泡都吹不出来，心里很懊恼。

孩子们一个个跑去吹泡泡糖给小豆豆看，以表达对小豆豆的谢意。只有我离得远远的。二婶看出我不会吹泡泡糖，带着小豆豆到我家单独教我吹。

我学得很是专心致志，哥哥姐姐在一旁琢磨、指导，可我就是吹不出泡泡来。哥哥安慰着："你舌头太尖了，不过舌头尖的人很会说话。"

尽管哥哥这么夸赞，可我心里实在渴盼能吹出一个泡泡，哪怕只有豆粒大。

一时间，孩子们除了吃饭、睡觉，嘴里不停地吹泡泡糖。还喜欢凑在一起吹，看谁吹的泡泡大。

大家害怕把泡泡糖咽到肚子里，吃饭时，把糖吐在纸上包起，睡觉前，又把糖吐出来用纸包起，一不留神，纸团就滚到床底下或者粘哪儿了。

没过几天，大家的泡泡糖都没有影子了。

小豆豆也走了，临走时，二婶的表侄女把剩下的两块泡泡糖留下给我。

我把这两块糖看得十分金贵。最后一块，连上课都含在嘴里，等老师面朝黑板写字时，我就偷偷地嚼几下。

一下课，同学们围着我，让我吹泡泡糖。

我支支吾吾地说："我不喜欢吹泡泡，只喜欢嚼。"

嚼得大家馋馋的。

放学后，我躲在家里反复练习吹泡泡糖。期待能吹出一个泡泡，哪怕豆粒大，哪怕米粒大，哪怕芝麻大，也就满足了。

可惜我吹一百次，听一百次“扑哧”，没吹出嘴唇就破了。我生气了，用很大的力气吹，结果一张嘴，整块糖从我嘴里飞出来，落在泥地上。

终究是一场梦，在吹泡泡糖这件事上，我实在是个笨丫头。

打　　球

题记

后来，同学们学会了削球、抽球。我只因发球这么一个小小绝技，沾沾自喜，自我陶醉，不再继续努力学习球技，至今都不会削球、抽球。

从我记事起，学校的操场上就竖着两个高高的篮球架，东西对望着。

我站在操场北侧的舞台上看人们打篮球。

哥哥和一群小伙伴在操场上，追着一只篮球“呼啦啦”跑。争抢的场面很是激烈，谁抢到，“咚咚”拍几下球，猛然一跃，高高举起篮球向球架抛去。其他人尽力跳起，伸手去拦截飞在空中的篮球。有时飞起的篮球“啪叽”跃进了篮筐里，有时球在空中被截走，更多的时候球“哐当”砸在篮板上，又被弹飞了出去，大家继续去争抢。

学校的老师们好像特别喜欢打篮球，经常见老师们和哥哥他们“呼啦啦”跑，争抢着一只篮球，还经常看到在地里干活儿的村民路过学校的操场，把铁锹和箩筐随手搁在操场边的树下，看着看着，一双泥脚直接冲到操场上，一起争抢起篮球来了。

他们一个个抢得汗淋淋的，篮球从这人手里，转眼又传到那人手里。一会儿，篮球在地上一蹦一跳，个个伸手去抢；一会儿，篮球被抛到空中，个个跳跃起来去接。

操场上响着吵嚷声，吆喝声，“咚咚咚”的脚步声，“咚咚咚”的拍球声，乱糟糟的，我生怕他们追跑争抢时撞伤人，生怕篮球飞起来砸伤人，看得我心颤颤的。大家为什么要玩命地去追一只篮球？我猜想学校里可能只有这么一只篮球，而大家又特别喜欢拍打篮球，特别喜欢投掷篮球，自然就这么争抢了。

我细心地在学校办公室里寻找了一遍，正如我猜想的一样，学校里没有第二只篮球。我觉得做校长的父亲应该再买几只篮球，免得这样不要命胡乱争抢令人提心吊胆、惊恐不安。我把心里的想法悄悄地告诉了父亲，父亲哈哈笑着说："篮球场上只能有一只球，这是打篮球的规则。打篮球就是要争抢的啊。"

我听得懵懵懂懂的，但没有再去问父亲，怕被哥哥姐姐听到，被笑话。

后来，我明白了打篮球的规则。但看着满操场的人追着一只篮球跑，跑得操场上尘土飞扬的慌乱场景，我的心还是颤颤的。

我不喜欢打篮球的规则。

我没有迷恋上打篮球，即使看别人打篮球，看一会儿也就走开了。

一年春天，父亲带人在学校祠堂门口的空地上砌了两个水泥台子，高高的，长长的。父亲说是乒乓球台。

等到乒乓球台晒干，中间拉上一道绿网，两个老师站在两头，挥舞着乒乓球拍子，一下一下推动一个白色的、鸡蛋大的乒乓球。

乒乓球在水泥台上蹦，在绿网两侧一下一下跳，跳得不急不躁，很是欢快。

我一下子就迷恋上了会蹦的乒乓球。

不仅仅我迷恋，大家都迷恋上了乒乓球，除了上课，从早到晚，两个乒乓球台前都围满了人。可惜的是每次只能两个人一起打球，最多四个人一起打球，其余的都是看球的，看着看着，我很快就看明白了打乒乓球的规则。和我差不多大的孩子也都看明白了打乒乓球的规则。

打乒乓球不需要争抢球，但需要争抢乒乓球台。谁先占住乒乓球台，谁就有资格打乒乓球。

我家住在校园里。近水楼台先得月，似乎我争抢到球台的机会很多，可是每天等我起床，已经有同学来学校占了乒乓球台。直到夕阳西下，暮色四起，乒乓球台的四周还晃悠着人影。

大多数孩子买不起球拍，拿书本做球拍，挥舞着书本推动乒乓球，后来，不知从哪儿搞来了球拍，这下打起来更起劲了。

起初，对面同学打过来的球，在我面前的乒乓球台上蹦一下，我迅速伸出球拍去接球，却总是不能精准地碰到乒乓球，把它推回给对面的同学，结果乒乓球“咕噜噜”滚出了球台。好不容易碰到了乒乓球，不是过于小心翼翼，乒乓球没有飞过绿网，飞到对面的球台上蹦，就是用力过猛，没有落在对面的乒乓球台上，而是直接被我推飞了出去，蹦到地上去了。

真让人心急。

我接不住对面飞来的乒乓球，我打过去的乒乓球，对面的同学也几乎一个接不住，我们不停地捡球，但依旧打得兴致勃勃的。

渐渐地，我们都能接住对方的球，乒乓球在绿网两侧自如地蹦，没过多久，我脱颖而出，常常把别人打败了。

同学们高呼："赢了！"

我能赢球，不在于接球，而在于发球。我发球动作出奇的迅疾，球大多落在乒乓球台的边上，一擦，就飞了出去，让对面的人根本没法接住球。

我的发球堪称一绝。

同学们和我打乒乓球，只要我能有发球的机会，对方基本接不住，这样大部分情况下都是我赢。

大家高喊："又赢了！"

后来，同学们不乐意与我打乒乓球了。

我们那时小，下手没轻没重，一不小心，球拍就扑在乒乓球上，把圆溜溜的乒乓球扑出一个坑来。

我家住在校园里，总是我把有坑的乒乓球拿回家，让母亲用热水烫，乒乓球渐渐圆起来。如果没有圆起来，我就让母亲用水稍微煮一下，乒乓球就圆起来了。

为了有圆溜溜的乒乓球打，同学们不得不依旧与我一起打乒乓球。

后来，同学们学会了削球、抽球。我只因发球这么一个小小绝技，沾沾自喜，自我陶醉，不再继续努力学习球技，至今都不会削球、抽球。

看来一个人有些雕虫小技，倒难成大气候。

令人烦恼的笔

题记

第一次练大字，我们特别兴奋，把新墨水瓶放在网兜里，拎着花花绿绿的网兜上学，互相炫耀着。

夜晚，一盏罩子灯放在木桌中间，我们姐妹四个一人一面在灯下写作业。

姐姐们用钢笔，我用铅笔。

写一会儿，铅笔就秃了，我就在门口的砖头上磨尖。我手力太足，不小心一按，铅笔芯断了。我想用刀削铅笔，又总是感到没有合适的刀，刀锋利，怕割手指；刀钝，得使劲一下一下削，很费力气。

用铅笔写字感到“窝窝囊囊”的，十分渴望能像姐姐们那样用钢笔写字。蓝蓝的墨水在笔下慢慢地流淌，不管写多久，钢笔尖都不会秃。

等啊，盼啊，我终于等来上三年级。

三年级不用铅笔，改用钢笔写字了。我们不仅买钢笔，还要买毛笔，买一支粗毛笔练大字，买一支细毛笔练小字，同时要买蓝墨水和黑墨水。

许多人家穷，开学前不能一起把钢笔、毛笔和墨水这些家当置办全。只有同学张小花没到开学就置办全了。因她家有个姑妈在远方的大城市，时常寄钱接济，所以她家显得比一般人家有钱，这让我羡慕，让刚刚要读三年级的同学们都羡慕。

我家的日子和村里大多数人家一样过得紧巴巴的，但母亲肯定得抠出钱来给我买，只是把给我买钢笔、毛笔和墨水的日子一天天往后挪，直挪到开学前一天，母亲带我去店铺把我学习的家当凑合整齐了。

村里就一家店铺，买回的钢笔一个样，怕混淆，个个认真地在钢笔上做记号，我刻了一朵花，有同学刻一只小老鼠、刻一颗五角星什么的。

有了这些家当，我凭空觉得自己肚子里有了墨水，可以摆出一副学问人的派头来了。

回到家，我急吼吼地吸足了墨水，第一次拿钢笔写字，怀着激动甚至豪迈的心情，写得小心翼翼，仔仔细细。

尤其看到一年级的学生看着我们三年级的学生用钢笔写字那羡慕的目光，让我格外骄傲。

可惜没过几天，用钢笔的烦恼一个接一个出来了。

铅笔写错字，一擦，干干净净。钢笔写错了，擦破纸，还留墨迹。

钢笔头不可能被写秃了，但不小心掉地上，一跌，笔尖就咧开嘴了，硬把它的嘴捏紧，再在砖头上磨尖，可伤残的笔头写出的字，很丑。即使没有跌它，它也会出毛病，突然不下水了，好似被什么东西堵住了，忙拆开笔，跑到河边一遍遍地用水洗，然后给它喝满满的一肚子墨水，笔头依旧是干涸的。有时，它下水极顺畅，会“生蛋”，墨水一滴一滴地从笔头渗出，落在洁白的本子上，老师说像“卖墨团子了”。

我感到自己千小心万谨慎，还是出差错。笔套没了，用纸包着笔头，抓在手里上学放学。笔杆和笔头间漏墨水了，用纸包着笔写字，手指上还是染上了墨水，褂子、裤子上也沾有墨水点。衣服大多是棉布的，听说用饭粒粘在墨水点上，隔一会儿，就能洗干净。我们怕大人骂，偷偷地粘饭粒，结果衣服洗掉了色，比墨水点还难看。

用钢笔最大的麻烦是经常忘了让钢笔在家喝足了水，到了学校，作业写一半，钢笔不下水了。课堂上，可怜巴巴地跟同桌借几滴，同桌吝啬，说自己的钢笔也没水了。课间，同学们都跑来跟张小花借。

张小花是个好人，不管谁来借，她都拧开笔杆，捏着墨水管，一滴滴墨水落在同学干涩的笔尖上。张小花说："借可以，但要记账。"于是，双方开始数着："一滴、两滴，三滴……"借完墨水，张小花拧紧笔杆，在本子上记账：兴国欠十滴、大毛欠五滴、黄豆豆欠一滴……她记了一长串的名字，却没有一个清债的。

过两天钢笔没水了，又厚着脸皮来借，张小花接着记账，最多的累计已经欠了三百滴。

用钢笔一大堆麻烦，用毛笔麻烦就更大了。

第一次练大字，我们特别兴奋，把新墨水瓶放在网兜里，拎着花花绿绿的网兜上学，互相炫耀着。

老师说，新毛笔先要用水泡开，于是，我们跑到河边，洗开浆得硬硬的笔头。老师又说，坐直腰杆，竖直毛笔。我们“唰唰”坐直身子，专注地练字，一笔一画，写得十分认真，觉得练毛笔字真好。

练了几次，兴奋劲儿过去了。除了几个讲究的女同学，每次练字都把墨水瓶规规矩矩放在网兜里拎来外，大多数同学都把墨水瓶搁在书包里。细心的，把墨水瓶放在盒子里，或用纸包着放。粗心的，稍不留神，墨水漏出来，染黑了书包和书本，有的同学干脆不带毛笔和墨水了。

见老师发火，一个个赶忙跟同桌借个瓶盖，到张小花这儿借墨水，张小花忙着给这个倒一瓶盖，给那个倒半瓶盖，账自然是要记的，可债是没人清的。

练大字的日子热闹，练小字的日子就有些难熬了。

练小字是用小楷羊毛笔抄作文，这要整整折腾半天，先得写出作文，然后，用毛笔慢慢地誊写。毛笔尖软塌塌的，半天才写上一行。心急的同学，用一截棉花秆，削尖蘸黑墨水写，也有用芦柴篾子蘸墨水写的。有的干脆用钢笔吸黑墨水写，这可犯了大忌，蓝墨水和黑墨水混在一起，会烂墨水管的。

有的同学写作文，像挤牙膏似的挤出一些字词和句子，可我一点不伤神，脑子灵，动作快，一骨碌就写出了作文。抄写的事，尽是张小花包揽了。

张小花乐意为同学做事，为了让我的作文配有娟秀的毛笔字，张小花天天晚上苦练。

张小花尽做些傻事，但很讨人喜欢。

端着油灯上学

题记

这一盏盏油灯都是学生自制的，拿一只空墨水瓶装火油，一枚铜钱盖在瓶口，一根棉线，或是用草纸搓成的细条，从铜钱中间的小孔插到火油里做灯捻子。

白天，孩子们上学，校园里一片热闹。到了夜晚，校园沉浸在黑茫茫的夜色里，没有一丝声响，不免有些冷清。

曾经有那么一个月，学生要到学校上晚自习，冷清的校园热闹开了。

到了晚上，孩子们拎着马灯走在田埂上，远远近近，一盏盏灯犹如天上落下的星星，零散在田野上。这一颗颗星星从四面八方游到学校，瞬间，黑漆漆的校园里灯火密密匝匝，亮成一片。

等走进校园，熄灭马灯，点燃课桌上的油灯。

这一盏盏油灯都是学生自制的，拿一只空墨水瓶装火油，一枚铜钱盖在瓶口，一根棉线，或是用草纸搓成的细条，从铜钱中间的小孔插到火油里做灯捻子。

点上灯捻子，油灯就亮了。

虽说灯光微弱，但每张课桌都点着一盏油灯，一屋子就亮灿灿的。

这样一来，夜晚的校园如同白天一样热闹，不仅热闹，多了一种味道，油灯的味道。

可惜火油不经烧，最初墨水瓶里都装着满满一瓶火油，没几日，火油烧空了。

小花从家里带来一瓶火油。

孩子们纷纷跟小花借火油。

不管谁来借，她都拧开火油瓶向墨水瓶里倒火油。小花说："借可以，但要记账。"结果，小花在本子上记下一串串借火油的名字，却没有一个清债的。借火油的同学，过了两天墨水瓶里的火油又没了，又厚着脸皮来借，小花接着给添火油。

小花天生是个好人，从来没见她气恼过。因她长得高高的、瘦瘦的，起先是庄上的孩子合伙起哄，叫她“高肠子”，后来，学校的孩子都这么叫她，她不气恼，朝我们笑，露出两排整齐的玉米似的牙，细细的眼睛眯成缝儿，乐呵呵地说：“高个高大汉，不做也好看，矮个矮冬瓜，做死了没人夸。”

小花长得高，可细细的眼睛天生弱视，必须坐在第一排，才能看清楚黑板上的字。若按身高排，小花该坐在最后，可坐在最后，她看黑板上的字跷腿跷脚，一个字也辨别不清。

小花上学总坐在第一排。

但小花很自觉，上课尽量趴下，或歪着身子，不挡住我们的视线，留下空隙给我们看黑板。即使起立，她都不敢站直身子，总是半蹲着，不让自己显眼。

点着油灯上晚自习，大家不用看黑板，小花终于把腰杆挺起，直直地竖在教室里，犹如鹤立鸡群。

其他同学和小花一样兴奋，不仅可以聚在一起凑热闹，还可以互相抄作业。家住在校园里的我格外兴奋，比谁都迷恋点着油灯上晚自习。

最初几天，同学们坐在油灯下，很安静地上晚自习。

没过几天，个个按捺不住了，在校园里追追打打，时常端着油灯一趟趟地出来，这下，油灯不仅仅亮在教室里，校园里到处亮着走动的油灯。

这引起父亲的不安。

父亲有了取消晚自习的想法，犹豫间，又出了一件事，这让父亲毫不犹豫地决定取消晚自习。

这儿到处是河沟，上面架着独木桥，孩子们晚自习后回家，一般都要过几座独木桥。那天，一个小男孩没留神，从独木桥上栽下河，虽说他会游水，一骨碌又从小河里爬上岸，但父亲担心再有孩子走夜路栽到河沟里，当即取消了晚自习。

夜晚，孩子们不能聚在一起玩了，不禁有些失望，最失望的是我，校园又如同往日一样寂静。

到了夜晚，黑漆漆的校园一片清冷。热闹过后的寂静，更显得冷清。

浆　地

题记

这水要泼洒得适度均衡，过少，泥粘不到一块；过多，泥太烂，一经晒干，地面会横裂一条缝，竖裂一条缝。

那时，除了学校祠堂地面上铺了青砖，其余房屋的地面几乎都是泥地。

一旦直接扫地，扫帚轻轻挥舞，尘土立马纷纷飞起，飞舞在屋里，呛嗓子眼。等扫完地，尘土悠悠落下，落在饭桌上，落在窗台上，落在大衣柜上，到处灰蒙蒙的，就得用清水擦洗一遍家具。

为了减少扑扑飞舞的尘土，扫地前，必须洒水，屋子挨个洒一遍，屋里有股淡淡的味道，那是尘土的味道，带着水汽的新鲜。

稍等片刻扫地，带着水的灰尘飞不高，很快就落回到了地面。

我们家的家务活统一听从哥哥的安排，他安排我们姐妹几个轮流做值日生扫地。哥哥说我人小，力气小，干脆让我专职洒水。

只要姐姐们开口说要扫地了，我迅速拎个小水壶，撒腿到屋后的河里灌满一壶清凌凌的水，跑回家洒水。我在屋里走，小水壶随着我洒出不同的图案，一条条直线，横竖交叉线，一圈圈线，“S形”的线，“8字形”的线，我十分醉心于用水在地面上画出不同的图案。

洒水变成一件特别有趣的事儿。

因为过于醉心洒水画图，我就没法留神屋里的各种家具，动不动就把水洒在小板凳上，洒到床边，沾湿了悬在床边的花床单，母亲看了总要训斥一句。

母亲温和的训斥，我压根儿不往心里去，依然醉心于在地面上画图。

姐姐们扫地，每次都扒拉出半簸箕的垃圾，一部分是杂七杂八的废东西，一部分就是从地面上扫来的尘土，日日如此，地面就一层层薄去，加上我们那儿多雨水，地面潮湿，我们的鞋经常沾着水，很容易把屋里的泥往外带，或把外面的泥往家里带，时间一长，屋里的泥地变得坑坑洼洼，高低不平。

在冬天结冰前，家家户户都要把泥地整平，焕然一新。我们称这事叫“浆地”。

学校教室也一样要“浆地”。

一个晴朗的下午，同学们从家里带来钉耙、小铁锹、水桶、舀子、扁担，来学校“浆地”。先要腾空教室，把里面的课桌和板凳一张张搬出来，整齐地排在教室门前的梧桐树下。然后，用钉耙筑或用铁锹挖，把地面的土翻一翻，再把翻起的泥块敲打得如谷粒一样细碎，最后铺得平平整整。

这活儿忙完，太阳已经西下，同学们急乎乎地去河边抬水，一舀子一舀子，轻轻泼洒在地面上。这水要泼洒得适度均衡，过少，泥粘不到一块；过多，泥太烂，一经晒干，地面会横裂一条缝，竖裂一条缝。

一切停当，太阳已经落山，四周落下黑森森的影子。同学们扛着钉耙、铁锹、扁担，嚷嚷着回家了。

翌日早晨，同学们用篮子从家里带来草灰，还有木榔头，先在半湿半干的地面上洒一层草灰吸水。然后，用木榔头一下下把地面锤实在了、锤平整了。

我们家的木榔头不知哪儿去了，我没有带木榔头，一会儿拿这个同学的榔头锤，一会儿拿那个同学的榔头锤，锤了一阵，胳膊酸疼，干脆跑出来玩了。

木榔头声错落有致地响在教室里，锤了半天，整个教室的地面光滑了、平整了。同学们纷纷走出教室，等地面慢慢晾干。

我们暂时坐在教室外面上课，一抬头，是蓝蓝的天，一远眺，是无边的田野，我们的心飘了，在空阔的天地间飘得优哉游哉。

午后，黑乎乎的泥地泛起一块块白斑，老师见泥地差不多干了，一挥手："把课桌抬回教室。"

我们抬着课桌，一窝蜂往教室里挤，老师喊着"轻一点走，别踩坏了地面"，"轻一点放下课桌和板凳，别砸坏了地面"。

等我们又回到教室上课，"浆地"这事就算热热闹闹地过去了。

但那种热闹却永远地留在了我的心底。

挖　宝　贝

题记

因为学校的祠堂是村里唯一的古建筑，高大气派，自然让我生出这个想法，越想越觉得，村里有钱人家的宝贝一定都藏在古老的祠堂里。

早晨的太阳一出来，就火辣辣的，盛夏已经悄悄走到了脚边，学校放假了。

热热闹闹的校园一下子寂静下来，耳边尽是树丛里的知了声，“知——了——”“知——了——”。

聒噪的声音布满了整座校园。

白天，我大多数时间闷在家里躲炎热的太阳，到了晚上，我们就纷纷跑出来玩耍，踩着一地的月色追跑，累了，就团在河边的空场上，听大人们讲故事。

大人们摇着蒲扇，慢悠悠地说着话。

一天，邻居李奶奶说："过去有钱人家，家里的金银宝贝多得拿箩筐盛放的。"

哇，这么多金银财宝啊！夜空下，我们的眼睛瞬间亮了，如同一颗颗星星，灿亮灿亮的。

我好奇地问李奶奶："金银宝贝在哪儿？"

李奶奶摇了一下蒲扇，神神秘秘地说："当然是被有钱人家藏起来了。"

藏在哪儿？我们七嘴八舌起来。李奶奶笑呵呵地摇摇头。

那一刻，我的面前播放着一箩筐一箩筐金银财宝的画面，我琢磨着这些金银财宝藏在哪儿。

藏在土窑里，藏在农场上，藏在村部边，还是藏在拱桥下？想来想去，最后锁定学校的祠堂。

因为学校的祠堂是村里唯一的古建筑，高大气派，自然让我生出这个想法，越想越觉得，村里有钱人家的宝贝一定都藏在古老的祠堂里。

我兴冲冲地问哥哥姐姐："祠堂里有宝贝吗？"

哥哥敲敲我的脑袋，笑我是一个小财迷。大姐和二姐压根儿没有把我的问话往心里去，只是朝我笑笑。只有三姐听到了心里，背着大家，对我悄悄说："我也觉得村里的宝贝藏在祠堂里。因为我们村的祠堂高大漂亮，这里肯定住过有钱的人家。"

这下，我更加坚信祠堂里一定藏着宝贝。

我和三姐有了共同的秘密：寻宝。

有钱人家一箩筐一箩筐的宝贝到底藏在祠堂的哪儿？我琢磨着：是藏在祠堂的砖墙里，藏在一根根的椽子里，藏在砖头地里，还是藏在祠堂后面的竹林里？

我用小锤子轻轻敲着墙壁，怕声音太响，惊动了在祠堂里看书的父亲。

父亲在西屋里看书，我只在东屋的外墙壁敲，耳朵贴着墙壁听，三姐笑话我："你傻呀，敲墙壁干吗？难道藏在里面的金银财宝听到你敲墙的声音，告诉你，我在这儿呢？"

我一脸迷茫地问："那怎么办？我们总不能把墙砖敲开来朝里

看吧。”

三姐眨巴眨巴大眼睛说：“我觉得金银财宝不会藏在墙壁里，应该藏在地底下。”

我听信了三姐的猜测，走进祠堂里，一个个房间转悠着，自认为轻手轻脚，还是被父亲听到了我的脚步声，问我什么东西丢了，我一时语塞，怕父亲知道我心里的秘密，匆匆跑出了祠堂。

越是找不到金银财宝的线索，寻宝的念头越是强烈起来，金银财宝到底藏在祠堂的哪间房子里？我不时地琢磨着，最终锁定东北角的那间最黑的房子。

我更加轻轻地走进祠堂，一头扎进东北角的房间，窗外是茂密的竹林，紧紧贴着窗户，把光亮都遮住了，里面很黑很黑。等了一会儿，我看得清楚一些，看到房间里面堆放着各种演出道具：大鼓、红缨枪、花篮、大树……忽然，响起“咚咚”声，吓得我毛骨悚然，一声惊叫“啊——”。

在隔壁房间看书的父亲听到，忙跑了过来，问我怎么啦，我吓得心怦怦直跳，说不出话来。父亲笑了，淡定地说：“别怕，应该是一只调皮的小老鼠闲来无事，敲大鼓玩耍。”

父亲说得那么轻描淡写，但我心里依旧很害怕，不敢一个人独自在祠堂里转悠寻宝了。

宝贝藏哪儿呢？这事依旧搁在心里，过几天，三姐又指点我："金银财宝应该藏在祠堂后面的河坎里。"

祠堂屋后是片竹林，茂盛的竹林层层叠叠，堆到河岸边。夏天，多日不下雨，河岸干出了一截泥土，露出一片河坎来。

我听信了三姐的猜测，在河坎上挖宝贝，挖得兢兢业业，对岸的同学看到了，问我挖什么，这秘密怎么能告诉别人，我说挖蚯蚓给哥哥钓鱼。

我挖啊挖啊，挖出一层层花蛤的壳儿，小虫子和蚯蚓。

挖了几天，我的小铁锹被一个东西铬了一下，难道碰到金银财宝了？瞬间，浑身是力气，我一个劲儿往深处挖、挖、挖、挖，果真挖到一个古怪的东西，黑黑的，样子像调羹。

我扔下小铁锹，抓着调羹样的东西直往家跑，一路嚷嚷着："我挖到一个宝贝了！"

哥哥姐姐都围了过来，哥哥故作惊叹："哇，这么大的宝贝，可能是个古董呢。我看看是哪个朝代的！"

母亲凑过来一看，淡淡地说："一只铜拔子。"

我问母亲："铜拔子是干什么用的？"

"过去的人喜欢穿紧一点的鞋，可穿不上脚啊，就用拔子才能拔上脚。"

我一听，禁不住露出失望的表情。

母亲笑笑："不过这样的铜拔子是有钱人家用的。"

这只铜拔子算不上真正的金银财宝，但已经和有钱人家沾上边了。我信心大增，彻底迷恋上了寻宝，一睁开眼睛，就到河坎上挖宝贝，一直挖到黄昏落到脚下的河里。

结果整片河坎被我挖得破破烂烂，也没有挖出一个宝贝。有一天，被母亲看见了，看我把河坎挖得破破烂烂，嚷嚷起来："这个小丫头真是吃饱了撑的，把河坎挖得破破烂烂，你爸爸看到要吵的。"哥哥一眼就看出我挖河坎想干什么，"扑哧"笑了，笑我财迷心窍。

尽管母亲吵，哥哥笑，我还是偷偷地接着挖，可挖着挖着，我的期待，一点点丢失在河坎上……

我们的“头儿”

题记

哥哥做“头儿”做得有章法。很热衷于排值日生表，洗衣服、扫地、烧饭、洗碗、叠被子，安排得井井有条。

父亲心里装着学校，母亲心里装着田里的农活，我们都听哥哥的。哥哥这个“头儿”做得蛮有威信的。威信的树立，由于哥哥经常捣鼓出一些名堂，让我们崇拜。一旦崇拜，我们就乐意听从指挥了。这样，哥哥做“头儿”就做得风光无限。

过去，村村有架高音喇叭，家家屋里有只小喇叭挂在墙上，听通知，听广播。

小镇广播站播音员的蹩脚普通话播多久，我们就得听多久。村主任在喇叭前激情澎湃地演说，我们就得听村主任的豪言壮语，听得人心里聒噪。

一天，哥哥不知从哪儿搞来了一只小开关，把它安在广播线中间。哥哥不停地用手按开关，“啪嗒”“啪嗒”，听来悦耳。

我们兴奋极了。

哥哥让那只会说话的小喇叭乖乖地听从了我们的指挥。我们想听它说，就“啪嗒”一声打开开关；我们不想听它说，就“啪嗒”一声关掉开关，它立即闭嘴了。

哥哥隔三岔五就捣鼓出什么。

家里有老鼠，哥哥捣鼓出一只卡老鼠的笼子。屋外有黄鼠狼叼母亲养的鸡，哥哥又捣鼓出一只套黄鼠狼的铁匣子。哥哥捣鼓出的名堂有没有捉到老鼠和黄鼠狼，我们不在意。只要哥哥捣鼓出东西，我们就绝对崇拜。

我们崇拜哥哥，因为他足智多谋；我们服从哥哥，因为他会“笼络人心”。哥哥抓鱼、捉鸟都带着我们。尤其是看电影，不管多远的路，哥哥总乐意带着我们一起去。临出门时，哥哥总会交代几句："人多，你们看着哥哥，不要走散。一旦走丢了，站在那儿不动，哥哥会回头找你们的。"

我们轰轰烈烈地出发了，一排四个跟在哥哥后面，走过一片片田野，越过一座座木桥，跨过一条条沟渠。有时跑到那儿，根本没放电影。但我们没有太多的遗憾，这样走一路也挺快乐的。

只有一次，哥哥"背叛"了我们偷偷出门了。哥哥从父亲口袋里摸走一块钱，和邻村一个大他三岁的男孩偷偷到城里看焰火。

他们步行几十里路到城里，天已晚，向人打听哪儿放焰火，回答是哪儿也不放焰火。他们走进一个黑森森的大门洞里，找条大木凳，倒头就睡。一睁眼，满天大亮。他们走上大街，见街上空荡荡的，竟无一人，正纳闷，遇上了巡逻的民警，将他们逮住，押到一幢房子里。他们一看墙上的钟，才是夜里十二点。从未在城里过夜的哥哥错把路灯当成了日头。等天真正亮了，民警才放了他们。

母亲在家发狠要揍哥哥。

第二天，哥哥疲倦不堪地回到家，一进门，从怀里掏出一个烧饼："妈妈，你拿去和妹妹们尝尝。这烧饼乡下买不到。"母亲心里的气全散了。

虽说哥哥“背叛”大家偷偷出门看焰火，但回家给我们带饼吃，我们仍觉得哥哥好。

哥哥做“头儿”做得有章法。很热衷于排值日生表，洗衣服、扫地、烧饭、洗碗、叠被子，安排得井井有条。

家务活儿有时分着做，有时齐心协力做。家里的水缸大，靠一个人装水挺吃力，哥哥就让我们一起做。哥哥拎大木桶，姐姐们拎小木桶或端水盆，我拿一只大水瓢，大家一起去河边取水倒在水缸里。在厨房和河边的路上，我们一趟趟来回走动，时不时故意撞一下，笑得嘻嘻哈哈，水洒了一路。

哥哥也喜欢修改值日生表，修改次数多了，哥哥的名字渐渐少了。说洗衣服的活儿不是男孩做的，说扫地的活儿也不是男孩干的。渐渐地，活儿都落在姐姐们头上。

姐姐们到母亲那儿告状。哥哥说：“真没良心，你们都是我背大的。”母亲乐了：“你自己都玩不够，还背妹妹们呢。”

不管值日生表怎么修改，我的名字一直没排在里面。哥哥只是口头吩咐我，比如每天晚上擦灯罩子。过去农村没有电，家家户户用煤油灯，灯上盖着两头圆中间鼓的玻璃灯罩。时间久了，灯罩子被点燃的火苗熏得黑乎乎的。我的任务就是让灯罩透亮。

这活儿不重，我做得很尽职。

太阳一落山，我准时拿下煤油灯上乌黑的灯罩，把大圆头套在嘴上，用手捂住小圆头，朝里面哈气。然后，把废报纸撕成条条塞在里面，用手指按着报纸细细地擦黑烟灰。手指短，只能擦净一截。然后，把小圆头再套在嘴上，手捂着大圆头哈气，再用报纸擦净。两头都擦干净了，用木筷顶着报纸擦中间圆鼓鼓的一截。

擦来擦去，把乌黑的灯罩擦得透亮。

灯罩子亮了，我的两只小手满是黑烟灰，嘴上长了两圈黑胡子，一个大圆，一个小圆。我兴高采烈地喊哥哥看，喊姐姐们看。

到了晚上，屋里亮着我擦亮的灯，我感到无比自豪。觉得是我给这个黑漆漆的屋子，给一家人带来了光亮。

店　　铺

题记

店铺自然是村庄人气最旺的地方，里里外外都是人，络绎不绝，一半是买东西的顾客，一半是“闲人”。

村庄面前是条大河，河上有一座高高的木桥，沿着木桥有条笔直的路，把村庄切成东西两侧，西侧小，东侧大。

店铺在东侧，紧挨着路，房屋又高又宽，前面没有人家，直到河边都是空场。店铺在房屋密集的村庄占尽了地盘，一看就很阔绰。

我到村庄玩，必定要过村庄前高高的木桥，过了木桥就是店铺，我的脚总是带着我走到店铺门口。

店铺迎门是高高的木质柜台，最初，我要踮着脚，才能和木质柜台一样高。若我随大人一起到店铺，大人就把我抱起，让我悬着脚，扒在柜台上，我就能清楚地看到贴着北墙的柜子，分三层摆放着东西。若我一个人独自到店铺，我必定要站在高高的门槛上，需仰起头，才能看到摆放在北墙柜子里的本子、麻绳、手电筒、五彩线等。

店主是一个矮小的老头，外乡人，姓杨，庄上人都叫他杨老头。

杨老头的床搁在木柜台的西头，中间有堵墙。木柜台的东头摆着几只大荷花缸，放着酱油、煤油、白盐、白糖和萝卜干。木柜台上放着两只透明的大玻璃瓶，里面搁着五颜六色的糖果。

店铺自然是村庄人气最旺的地方，里里外外都是人，络绎不绝，一半是买东西的顾客，一半是“闲人”。

“闲人”大多是孩子，孩子们好热闹，好馋嘴，店铺这个地方最合孩子们的心意。

我就是一个“闲人”，常常到店铺玩，喜欢闻萝卜干和酱油混杂在一起的味道，喜欢看柜子里的本子和五彩线，喜欢看柜台上的糖果瓶，一看就是半天。

杨老头的店铺被我们这些“闲人”整日围着，但他不气恼，不嫌烦，大多数时候不搭理我们，低头做他的生意。

杨老头不识字，一本清单都记在脑子里，虽说六十开外的人，可一点不糊涂，记性好着呢，但他做生意有一个原则：从来不赊账。

这个村庄就这么一个店铺，生意十分红火。

杨老头从早忙到晚，全庄人睡下了，他还要在一盏昏黄的油灯下把钱数一遍，然后整整齐齐地叠起来，揣进怀里睡觉。

我一天天长大了，不用再踮着脚，就比柜台高了，我不再需要站在高高的门槛上才能看到柜子里的物品，我可以贴着柜台，近距离地看柜子里的本子、五彩线，百看不厌。

我喜欢把下巴搁在柜台上。

一排孩子都像我一样，把下巴搁在柜台上，于是，长长的柜台上有了许多小脑袋，一颗挨着一颗，甚至把整个柜台都挤满了。

杨老头不时看一眼，皱皱眉头叹息着：“这些孩子一天到晚趴在柜台上，干吗呢？”

杨老头只是叹息，从来没有撵我们出去。

当然，我去店铺，不全是发呆。有时，家里缺盐缺糖，母亲总哄我去：“宝宝去买盐，宝宝跑得飞快，一溜烟就回来了。”

母亲说了我的好话，我就格外要表现一番，拿起钱飞快地跑，跑到店铺气喘吁吁：“我要——买——”杨老头摆摆手：“不急，等喘过气来再说。”

买了东西，我又一路小跑回家，杨老头在身后喊着：“慢慢跑，别跌着，这孩子。”

一到家，母亲夸赞着：“你看宝宝做事多快，哥哥姐姐一个也没有宝宝能干。”

我十岁那年，杨老头回家养老了，店铺里来了一个中年人，高高的个子，白白的皮肤，腰杆直直的，长得很英俊，可有一个毛病，不停地打嗝，我们叫他“徐嗝嗝”。

徐嗝嗝是个文化人，打得一手好算盘。

柜台上不仅放着两只透明的糖果瓶，还多了一把算盘，荸荠红，算珠圆溜溜的、亮晃晃的，一看，就知道这算盘有了年纪了。

徐嗝嗝很白的手指在算盘上拨算珠“啪啪啪啪”响。

此时，我到店铺，不单纯迷恋吃的喝的用的，更多的是迷恋徐嗝嗝打算盘的样子，我发誓长大了，一定要学会打算盘，这是一件多美的事。

转眼间，我读四年级了，开始学习打算盘了。

父亲给我一只小算盘，仅有巴掌大，红色的框子，白色的算珠。算盘虽小，但它也是算盘。我毕竟有一只小得精致的算盘，很是满足。

老师抓着一只大算盘开始讲课。

讲了几节课，我都不清楚怎样打算盘。其他学生和我一样稀里糊涂的，还没等我们明白，算盘课已经结束了，真遗憾。但我一直把小算盘放在书包里，没事就拿出来，学着徐嗝嗝打算盘的样子，用十分“娴熟”的动作把算盘敲得“噼里啪啦”响，疯狂地敲上一阵，过一把打算盘的瘾。

气人的是这把小算盘不经折腾，没过多少日子，红色框子散架了，白色算珠一个个溜了出来，我舍不得丢弃，零零散散地放在书包里。时间久了，红色框子和一个个白色算珠都遗失了，最终算盘彻底不见影子了。

我长大了，依旧喜欢店铺，但不好意思整天站在店铺里发呆，只要母亲让我去店铺买东西，我一定要逮住这机会，拿着钱飞跑。

跑到店铺，我像大人一样，很淡定地对徐嗝嗝说：“我要买酱油。”然后把捏在手里的钱拿出来放在柜台上，那一刻，我觉得自己很富有，禁不住朝那些发呆的傻孩子们笑笑。

等提着酱油转身走出店铺时，我站在高高的门槛上，故意停一会儿，估摸身后肯定有一群傻小孩的目光被我吸引了，这么一想，我立马把腰挺得笔直，从容地走出店铺，不慌不忙地走上村庄前高高的木桥，给发呆的孩子们留下一个令人羡慕的背影。

柴　　火

题记

耸立在农场上的一座又一座草垛都离去了，行走在田埂上，行走在小河里，转眼间，农场上的整座金色丘陵被搬走了。

秋收后的农场上，田埂上，家家户户门口，甚至稻田间，都铺一层稻草在暴晒，其间竖着一排排，或是一簇簇金黄的稻草把。

稻草给田野铺上了金黄的地毯，一片片金黄，一条条金色，点缀着田野，到处金灿灿的，那是最华美的风景。

那些日子，我睁开眼就躺到稻草上，闻着稻草的清香，惬意地晒太阳、看书。出门不好好走路，总想躺在稻草上打滚，常常是一群孩子一起滚，走到哪，滚到哪。

可惜这华美的风景一闪而过，稻草只需暴晒两天就干松了，怕遭雨，立马收到一起，堆放在农场上。高高矮矮的草垛簇拥在农场上，犹如一座金黄的丘陵，我们在农场的草垛间躲闪追逐，跑得大汗淋淋。跑了一阵，纷纷爬到高高的草垛上瞭望村里的风景，我们站在草垛上的样子，又成了村里人眼中的风景。

把稻草收拢到农场上的大人们喘口气，又开始忙碌着分草，我们在眼前闪来闪去，大人怕手里的铁叉伤了我们，呵斥我们离开农场，可谁也听不进去，依旧在草垛间追逐。大人挥舞着铁叉，发狠要戳我们的屁股。

分稻草是按人口分，分出一堆又一堆大大小小的草垛，各家各户都涌到农场抬回分给自家的稻草垛。我们家靠近农场，母亲和姐姐拿两根长木棍来抬草垛，她们把木棍从草垛最底部插过，前后露出木棍的头，草垛前后各蹲一个人，抓起木棍子，喊一声“预备——起——”，一起抬起高高的草垛，这下，草垛好似有脚了，走出了农场，走在田埂上。有的人家划了木船来运草，岸上的草垛被运到木船上，船在水里行，好似草垛在水上漂。

耸立在农场上的一座又一座草垛都离去了，行走在田埂上，行走在小河里，转眼间，农场上的整座金色丘陵被搬走了。

农场又空荡荡的一片。

母亲把村里分的稻草和自留地收割的稻草，在屋后的小树林里堆起一座高高的草垛，比房屋高出一截。我踮着脚才能看到草垛尖尖的顶，惊叹这么多稻草该烧多少日子啊！一年，还是两年？

可惜稻草实在不经烧，没几日工夫，庞大的草垛就瘦了下去。

母亲和姐姐们在灶膛前烧火，估计灶台后储备的草不够把一顿饭烧好，但她们都忙，不想起身去添草，总喜欢喊我这个“闲人”帮忙抱一堆稻草回来。

我听到喊声，跑到草垛前抱草。其实，不能说是抱草，应该说是“拔草”。因母亲把草垛堆得很结实，这样才稳固，要不，风一吹，草垛就被掀翻，雨一淋，草垛就被淋得透心湿。我总是使出很大的力气，一把一把从草垛上拔下稻草。时间一久，我把草垛拔出一个又一个窟窿。

鸡喜欢躲在草垛的窟窿里生蛋。

我几乎天天要到草垛前走一遍，不是拔草，就是拿蛋，对草垛的高度自然了如指掌，担忧没有草烧，这日子该怎么过？这不是杞人忧天，母亲也这么担忧了，催促我们出门拾树叶。

我家西侧有片树林，尽是挺拔的大叶子杨树，杨树抖落了片片树叶，直通通地戳到碧空里。我们姐妹几个扛着大竹篼，在树林里搂落叶，从这片林子找到那片林子，似乎要搂清满世界的落叶。树叶运回家，在屋后堆成了一座小山，心想：这可要烧很长时间了。

可树叶和稻草一样不经烧，只见一柳筐一柳筐的树叶送进了灶膛里，几日工夫，树叶小山矮下去了，我们姐妹几个就去远一些的林子里搂树叶，让那小山重新高起来。等到树叶落尽了，满眼是光秃的枝丫时，我们的树叶小山也就消失得无影无踪了。

母亲到处找枯树枝拖回家，用斧头砍成一截一截的，砍出长短差不多的树枝，用稻草捆着，留着冬天用。

冬天冷，烧一顿饭需要更多的柴火。入冬前，母亲必须备足柴火，还得划小木船去小镇买黑煤炭。

黑煤炭泊在小镇的大河边上，一堆又一堆黑煤炭，犹如黑色的山脉卧在河边。卖黑煤炭的是个漂亮的大姐姐，本来就白净，又有这一堆堆黑煤炭映衬，显得更白净了。她坐在河边的磅秤前，让人把一箩筐黑煤炭搁到磅秤上。

我迷恋上了这个卖黑煤炭的漂亮姐姐，对母亲悄悄地说："我长大了就卖黑煤炭。"

母亲哈哈大笑："行，这样，妈妈就不愁没有炭烧了。"

我们买了一船黑煤炭回家了。

等到一个晴天，母亲用木桶盛一桶黑煤炭用水拌着，烂乎乎的，黑漆漆的，我们姐妹几个各拿一只蚌壳，从桶里挖煤，挖出一块小疙瘩样的煤球，搁在天井的砖地上。

一会儿，一个个黑色的煤球就摆满了天井。

太阳暴晒一天，那些黑疙瘩就变得结结实实的，像块黑铁。母亲让我们把这一个个黑疙瘩收到箩筐里，藏到灶台后。

煤球、树枝和稻草，温暖了寒冷的冬天。

到了春天，高高的草垛彻底矮趴趴的，全家人都眼巴巴地等着田里的麦子成熟。

田里的麦子又是一片金黄，麦秆比稻草多一层蜡，麦浪滚滚比稻浪滚滚多一分灿亮。这时节，我的心思不在矮趴趴的草垛上，而在金黄的田野上，陶醉在麦浪滚滚的风景里。

不久，麦秆在我们家屋后再次耸起一座高高的草垛，金黄灿灿，我们家又多了一分富足，又添了一分灿亮。

蜡　烛　花

题记

二姐用蛋壳蘸锅里的蜡油，蜡油一下子凝固在蛋壳上，轻轻一揭，一个鲜红的蜡烛花瓣捏在了二姐的手里，二姐把花瓣粘到碧绿的冬青树枝上。

最早，我们家是泥屋，虽说是三间，其实只是一大间，中间用芦柴笆墙隔着。

笆墙上有门，但没有门板，站在西墙就能看到东墙。西屋是厨房，中屋是父母的房间，摆着一张大床，东屋里有哥哥的一张小木床和姐姐们睡的竹床。太挤了，我只好睡在父母的床里头。

早晨，我在睡梦中，就听到父母在叽咕拆房子的事。

母亲埋怨父亲：“家里没有钱砌什么房子？泥屋虽说老旧了，但用稻草翻盖，土灰抹墙，还能住几年。等家里有了钱，再砌新房子多好呢。”

“没钱不要紧，我去借，年后肯定砌房子。”

“借钱砌房子，会被人笑话的。”

“我不在乎别人笑，谁想笑，谁就去笑吧。”

母亲的唠叨，让我觉得住进新房子很渺茫了。父亲的坚决，又让我看到了希望，觉得明天就要砌新房子了。

眼看到了年底，泥屋开裂出一些缝来，横竖没有个定向。往年，母亲都要在冬日的阳光下，用捶碎了的稻草拌在泥里，抹墙、粘缝。今年，母亲没有抹墙，她说：“泥屋要拆了，还抹什么墙啊。”

母亲不抹墙，但年前的扫尘还是一丝不苟的。她把泥屋里的东西搬到屋外，用清水擦洗。然后，一遍遍地扫屋梁、笆柴隔墙和锅灶。灰蓬蓬地往下掉，直呛嗓子，没多久，地上就积了一层厚厚的灰。

太阳随着母亲的扫帚，从东边扫到了西边，母亲似乎还没有扫得爽快，但天色已经晚了，只好罢手。母亲把洗了清水澡的柜子、桌子、凳子、坛子、罐子往屋里搬。

父亲见拾掇出去的坛坛罐罐，又一样不差地搬回到了屋内，就对母亲说：“有些东西一年到头派不上用场，放在家里占地方。”

“你说哪一样东西没有用?”母亲问。

父亲随手拎起一只裂了缝的坛子：“它就没用。”

母亲说：“坛子虽说裂了缝，不能腌咸菜，但它还能装米。”其实，家里裂了缝的坛子有好几只，也没见母亲用它们来装米，米还是装在了没有缝的坛子里。

母亲嘴上抢到了理，心里还是有所顾忌的，尽量不让这类东西占地方，一股脑塞到了床底下。床底下乱糟糟的，母亲觉得难看，用花布围着床沿。丑被遮住了，可若有东西从床头的窄缝里掉下去，就别想再找到了。

挪出泥屋的东西又一样不差地搬回到原处，地方自然没有大出来，但泥屋扫得干干净净的，让人凭空地觉得窄巴的泥屋大了起来，住在屋里，心情也就跟着豁朗了许多。

扫尘以后，母亲说：“泥屋要拆了，你们就不要指望买年画贴了。”大姐用毛巾把旧年画擦了又擦，年画也随之亮灿了起来。

泥屋要拆了，母亲不抹墙、不买年画都合情理，可把年糕、米饼、瓜子、肉圆的分量也减了，就有点过分了。哥哥姐姐不好意思跟母亲讲，怕母亲说他们好吃，就在我耳边叽咕。我跑去问母亲：“年糕怎么一点点呢？米饼怎么一点点呢？”说得老气横秋的。

“省钱砌房子。”母亲朝哥哥姐姐瞪了瞪眼，这点鬼把戏，母亲一看就知道了。母亲把年糕、米饼、瓜子、肉圆的分量减了，但样数不少，家里还是蒸得热气腾腾的。

过年，忙得够热闹的了，但年的喜庆还要靠对联、喜纸、彩花来衬托。日子再穷的人家，省吃、省穿，可对联、喜纸是不能省的，当然，要买彩花就得商量了。

我家女孩多，母亲总是满足我们的愿望，每年都会买两盆彩花。

腊月二十八，卖彩花的人踏着白雪小路挨家挨户地走过。三姐蹲在河边刷箩筐，老远就看到卖彩花的来了，没等把箩筐刷干净，她就急吼吼地跑回家告诉大家：“卖彩花的来了。”

我们姐妹几个都冲到屋外，看着漂亮的花担在风中悠悠走来。花担里放着一盆盆彩花，铅丝裹着绿纸做的枝叶，映着红、黄、蓝、绿、橙五色花朵，非常招人喜爱。

哥哥看出来了，母亲不想买彩花，他压根儿就没有出来，我们几个还傻乎乎地站在雪地里等着。

卖彩花的人到了门口，我冲进屋跟母亲要钱。

母亲低头做活儿，轻描淡写地说："屋子都要拆了，还买什么彩花？"

我满脸的笑凝固在了寒天里，姐姐们嘴噘多高，一个个无趣地回屋了。

"卖花了，卖花了。"卖彩花的声音空洞地撞在冷风里，没有回音。

不买彩花，钱省下来了，但买对联和喜纸的钱是省不下来的。母亲把日子往后挪，一直挪到了年三十，才派二姐去小镇买对联和喜纸。

二姐去了小镇，见街头一个女孩坐在店门前做蜡烛花，就好奇地站在那儿。看了半天，二姐心里全明白了。回到家里，二姐把对联和喜纸往桌上一搁，平静地宣布："我会做蜡烛花了。"但嘴角眉梢压抑不住内心的激动。我从未看到过蜡烛花，就连听也没听说过，觉得二姐这次不是从小镇回来的，而是从天边回来的。

二姐开始布置任务：我和三姐去河边剪冬青树枝，大姐找鸡蛋壳和空瓶子，哥哥帮她寻出母亲收藏在床底下的旧铁锅。

我和三姐去了河边，扑掸着冬青树枝上的白雪，裸露出亮绿的树枝，可不知该怎么剪。拎着铁锅来河边刷洗的二姐，见我和三姐对着冬青树发呆，就蹲在河坎上一边刷着铁锅，一边指挥我和三姐剪这枝剪那枝的。

冬青树枝剪回来了，鸡蛋壳和空瓶子找来了，铁锅也洗干净了，二姐又吩咐我们把蜡烛头找来。我们在窗台、桌角、床头，寻来了一些，二姐看着蜡烛头，摇了摇头说不够。

我仗着是年三十，不管犯什么错，母亲都不会骂一句，就拿了新买的红烛。母亲睁一只眼闭一只眼，佯装没留意。

二姐把蜡烛放在铁锅里熬，烧着，烧着，歪七斜八的蜡烛瘫在了锅里，融成稠黏的蜡油。二姐用蛋壳蘸锅里的蜡油，蜡油一下子凝固在蛋壳上，轻轻一揭，一个鲜红的蜡烛花瓣捏在了二姐的手里，二姐把花瓣粘到碧绿的冬青树枝上。就这样，一瓣接一瓣，很快就做成了一朵朵鲜艳欲滴的火红的蜡烛花，盛开在绿叶间，把整个沉闷的冬天都映得灿烂了。

哥哥夸好看，父亲走了过来，夸好看，忙年夜饭的母亲过来，也夸好看。

我们七手八脚地拿蛋壳从锅里蘸蜡油，做成花瓣给二姐粘在冬青树枝上。一朵朵火红的蜡烛花插在盛水的空酒瓶里，泥屋一下子亮堂了起来。

年有了生气。

麦田阳光

短篇小说

DUANPIAN XIAOSHUO

凤仙花染红的指甲

题记

她们相互帮着忙，你帮我染，我帮你染，那忙乎的劲儿，像是一群要登台唱戏的演员抢着化妆。

乡下人家的墙脚、河坎、菜地，总会蓬着几株凤仙花，叶子绿亮亮的，花红灿灿的。

女孩们喜欢用凤仙花染指甲，说凤仙花染了指甲，手指就不长肉刺了。只有玉桃说染红指甲是因为好看。

白天，日头毒，火辣的阳光照得人窝在屋子里不肯出来。晚上，太阳熄灭了，月亮升上了天空，亮得跟白天似的，让人无端地想出门。

这样亮堂的晚上，一年就那么几次。空空的田埂上一群人走过来，又有一群人走过去，显得窄巴起来。狗也跟着凑热闹，东吠一声，西吠一声的。

村子里难得有这样热闹的夜晚，玉桃决定就在今晚用凤仙花染指甲。

凤仙花刚开时，玉桃就打算染指甲的。可天一直黑黑的没有亮堂起来，一个人窝在屋里染指甲没意思，要选一个亮头亮眼的晚上，在空场上，许多女孩子聚在一起染指甲，那多好。

女孩们把染指甲看成是夏日的大典。

大典没有确定的日子，往往是一个女孩染指甲了，其他的女孩一个传一个赶过来帮忙。说是帮忙，倒不如说是女孩们爱往人堆里扎，凑在一块儿疯闹。

玉桃是个虾子等不到烧红就想吃的急性子丫头，每天一早就去看花，担心等不到一个亮亮的晚上，花就谢了。她认定，月色不好的夜晚染不出鲜艳的红指甲，为了等到一个满月，她耐住了性子。

玉桃终于等到了这个洒满月光的夜晚。月亮圆圆的，好似在清水里洗了一遍，清爽地挂在天上。

村里的女孩都来了。有的母亲也跟着来了，女孩们聚在一起的热闹唤起她们做闺女时的喜悦和兴奋。

女孩们把带来的凤仙花放在小木盆里，用小棒一下一下捣烂，拌上烟丝和明矾，又在屋前屋后找来荨麻叶。

大家说说笑笑。

玉桃本来就有点人来疯，在这样的大典上，更是“疯疯癫癫”的。玉桃娘说：“死丫头，就听你“呱啦呱啦”的，说不够！”

其实，女孩子们都在“叽叽喳喳”，只是玉桃的嗓子好，声音脆亮。平日里，再高的音玉桃都能爬上去，今晚这么热闹，玉桃的嗓门自然要高到天上去了。

玉桃喜欢穿得花花绿绿的。村里人说：“玉桃的爹娘那么老实本分的人，怎么会生出这么个妖巴巴的丫头来的？”

玉桃爹是箍桶的，成天蹲在地上刨木头、凿槽，把一片片木板围成一个圆，用铁丝箍紧。活儿没什么花样，但要做得合缝合榫，是要有好手艺的。玉桃爹箍桶的手艺方圆几十里有名。村里人请他箍桶，村外人请他箍桶，城里人也请他箍桶。

玉桃爹蹲着箍桶，蹲惯了，就算不做活儿，也喜欢蹲在地上，捧着个烟袋，腮帮子一鼓一瘪地抽烟，听着人们唠闲话，他是丁点儿响声都没有。村里人喜欢拎玉桃爹的耳朵，拍拍他的头，十几岁的“毛猴子”也拿他逗乐。玉桃爹好脾气，一点不恼，笑呵呵的。

玉桃娘长得五大三粗，脚板大得穿男人的鞋，走路一晃一晃，村里人叫她“板门神”。

玉桃娘从来不收拾打扮自己，衣裤灰沓沓，头发乱糟糟，有时还粘着稻草屑，人很邋遢。

玉桃家里的坛坛罐罐、碗碟、钉耙、筛子随手丢，一旦要用时，到处找。蜘蛛网挂满屋角，稍微一扫，灰尘像大雾一样落下来，呛嗓子。村里的女人说：“玉桃她娘，你也把家里收拾收拾，脏得不像人住的屋子了。”

玉桃娘说："乡下人家哪有闲工夫收拾。再说收拾得那么干净做什么？又没有大人物来家里。"

其实，玉桃娘不是一个懒女人。耙田、犁地、挑河、挖沟，样样上，倒是天生的忙碌命。玉桃娘还乐意帮人，李家的婶子说腰闪了，不能担粪，她说"我去担"；王家的嫂子说脚脖子扭了，不能下田插秧，她说"我去插"；吴家的儿媳妇怀孕了不能割麦，请她去割，她二话没说，拿了镰刀直往田里跑。

玉桃娘像头老黄牛，一年苦到头，苦得没空梳头，没空把屋里拾掇干净。

玉桃不像爹闷声不吭的，她像一个麻雀窝，叽喳个没完；玉桃也不像娘邋遢，她整天妖巴巴地打扮自己。

村里的女孩都是"土人儿"，玉桃却是"洋人儿"，觉着自己天仙一样的美着。

村里来了一个鬈发的女教师，玉桃喜欢她。模仿女教师柔柔的声音，模仿女教师风吹杨柳摆的走路样，还模仿女教师卷卷的头发。

村里的女孩，脑门上都遮着一抹齐刷刷的刘海，玉桃一心想把它卷起来。睡觉前，她用黑夹子将刘海卷起。一觉醒来，直直的头发还真的打了卷，玉桃美得“扑哧哧”笑。可早饭没吃完，头发又直直地遮在脑门上了。

玉桃又拿爹箍桶的铅条在锅里煮，煮热了卷头发，可没走出一条田埂，头发又变直了。玉桃狠狠心，干脆把铅条放在灶膛里烧红，卷起头发，一烫，烟一冒，一股焦煳味，这下头发卷实了。

玉桃唱着歌去上学。女孩们一个个围过来看，玉桃彻底守不住自己了，笑声差点把屋顶给掀了。

老师走进了教室，看到玉桃烫了头发，狠狠地训了她一顿：“念书像个木疙瘩，妖巴巴的样子倒像一只灵雀子。给我跑到河边去，把头发洗直了再进教室。”

玉桃的头发烫过了火，水一洗更糟，像公鸡的尾巴，蓬在脑门上。玉桃从河边回到教室时，学生们一个个捧着肚子喊：“笑死了，真的把人笑死了。”

老师也忍不住笑了。

玉桃没有血色，把娘染线的红染料抹在了脸上。老师说：“玉桃，脸怎么红得像猴子屁股似的？”

学生们哄堂大笑。

玉桃娘挑河工，舍得出力气，苦回了一双黄军鞋。玉桃娘舍不得穿，把它搁在木箱里。玉桃一心想穿，让自己神气一番。可娘的脚特别大，黄军鞋穿在玉桃的脚上活像鸭子的蹼，还一个劲儿地往下掉。玉桃想了一个绝招，在鞋尖塞了两个大棉花团子。玉桃穿上黄军鞋，美滋滋地上学了，惹得一串学生跟在她的身后学鸭子走路。

玉桃就是这样隔三岔五“出洋相”。

玉桃一看到书，头皮就发麻，眼睛定珠了，一动不动。可唱起歌来，活泛多了，眼珠子转来转去，整个人都光彩得不行。

一次，村里来了个戏班子，敲锣打鼓地唱戏。玉桃追着那些唱戏的女孩们，还背着娘炒蚕豆、炒葵花子送给唱戏的女孩吃。

戏班子在这儿的日子，玉桃就好似是戏班里的人，瞧不起村里的土孩子们。她模仿着唱戏女孩嗲声嗲气地说话，模仿着唱戏女孩甜嘟嘟的笑，还模仿唱戏女孩的花裙子和头上扎着的粉色绸花。

玉桃用被面裹在身上做裙子，剪两根黑塑料纸扎在辫梢上，美得她走路一扭一扭的，两只黑蝴蝶也跟着不安分起来，飞来飞去。玉桃就这么打扮着走出家门，走在青绿田野上，让村里人笑了一整天。

戏班子走了。玉桃跟在人家后面跑，说是要去唱戏，吓得戏班子的人谁也不敢搭理她。玉桃可怜巴巴地回到了家。

那以后，她常闹着跟爹去四十里外的县城。爹拗不过她，真的带着她去了。

玉桃去了城里三天，回到村里，俨然是一个城里人了，神气活现，说话的口音都变了。村里的孩子都瞪着眼看她。

玉桃说："城里人就是这样说话的，喝了城里的水，口音就变了，我已经不会说村里的话了。"

玉桃真能扯谎。她压根儿就没有进城，她爹的小木船，停在离城五里外的一座大桥洞下。玉桃爹一早担着担子出去做活儿，直到天黑才回到船上。

玉桃一个人伏在船舷上，深深的河水映着她的脸，她对着河里的影子笑。玩了半日，觉得无趣，她生气地用手一搅，影子碎了。

玉桃独自困在小船上三天，闹着要回家。

没过几日，玉桃忘了捏着嗓子说话了，又是满口的乡下话，大嗓门一喊，村子里的人都听到了。

村里人逗她："玉桃，你怎么不说城里话了？"

"我喝了村里的水，口音又变回来了。"

这事让村里人又笑了好一阵子。

今晚，玉桃又"出洋相"了。

凤仙花捣碎了，烟丝和明矾拌好了，女孩子们开始染指甲。她们相互帮着忙，你帮我染，我帮你染，那忙乎的劲儿，像是一群要登台唱戏的演员抢着化妆。

染指甲很简单，就是把拌着烟丝和明矾的凤仙花泥涂在指甲上，用荨麻叶裹好，睡上一觉，指甲就变红了。但这也有讲究，扎的线要松紧适宜：扎紧了，手指会被勒疼，染的红也不均匀；扎松了，荨麻叶半夜里滑落，那就空忙活了。

这儿的女孩染指甲有个规矩，食指空着不染，说是染了食指，夜里睡着了，阎王爷会把食指砍掉。

一代一代就这么流传着。

玉桃觉得，独独空着食指不染很难看，每年她都嚷着要染食指。可她自己也有些怕，万一阎王爷真的把食指砍掉了怎么办？

今晚，玉桃决定大着胆子把食指染上。

女孩们围了过来。

“玉桃，不能染，夜里睡着了，阎王爷把你的食指砍掉了怎么办？”

“我今晚不睡觉，一直坐在那儿看着手，阎王爷真来了，我就把荨麻叶拿掉。”

玉桃让堂姐玉芬给她染食指，玉芬说：“要染你自己染。”

“自己染就自己染。”

玉桃的十个指头都染上了。

其他的女孩染了八个。月光下，夹在八个胖乎乎绿指间的食指，真是纤细得苍白。女孩们不由得又是羡慕又是恐慌地看着玉桃的十个绿指头。

月亮偏西了。手指也都染好了，但女孩们一个个赖在月光下不想离去，要不是家人喊，她们能在亮堂的月光下疯上一夜。

清晨，太阳爬上了窗棂。玉桃睁开眼，把双手伸到眼前。哇，十个指头一个也不差。

玉桃大声地笑了。

她剥开一片片荨麻叶，十只红红的指甲，如一片片小花瓣。

那么的顺眼漂亮。

黑　　痣

题记

黑痣满十岁那天，河岸的菜籽花开了一片，满眼黄灿灿的，散发着浓郁的香味。黑痣家跟平常一样，爹一早出门做活儿去了，家里只有黑痣和娘。

门前的河很细长，河水清澈，看得河底明明白白。黑痣喜欢蹲在河边，可他说不清这河水是从哪儿来，又到哪儿去。

黑痣快十岁了，可身子细溜得像四五岁的孩子，脸只有蟹壳大。七岁那年，娘给他买了个红书包，送他去上学。黑痣一路哭，娘舍不得，把他带了回来。

过了一年，娘又把他送去上学。黑痣坐在教室里扯着嗓子嚎。

娘站在教室外，看他那么小，哭得那么难过，也哭了。黑痣哭了几天，嗓子哭哑了，娘舍不得，又把他带了回来。

就这样一年拖一年，黑痣快十岁了，还没有上学，但成天背着书包，带子斜挎在胸前，书包拖在屁股后。一路走，书包就一路地扇着屁股，远看像一块红帘子。

书包里有黄牛（陀螺），纸折的豆腐块，半支铅笔和脏兮兮的小本子。

村里的孩子喜欢抽黄牛，娘也用木头给黑痣削了一个。黑痣抽黄牛，能抽半天。累了，就把黄牛揣到书包里，蹲在河边，看河里的鱼，看河里的船。

娘怕黑痣一个人孤单，带他去农场玩，场上聚着一群孩子，爬草垛的，捉迷藏的。奇怪的是黑痣一见到孩子们，就浑身没有力气，头发昏，耳朵“嗡嗡”作响，心慌慌跳。孩子们嫌黑痣身上有一股子药味，离他远远的，一个也不跟他玩。

娘只好带黑痣回家，让他独自玩。

黑痣看村里的孩子扇纸折的豆腐块，他也喜欢。人家是两个人玩，一个把豆腐块搁在地上，另一个扇。豆腐块翻身，算赢；

没有翻身，算输。两个孩子就这样扇来扇去，一个扇得两手空空，一个扇得满载而归。黑痣是一个人玩，拿自己的豆腐块扇自己的豆腐块，他把自己永远当作赢了的一方，玩得开开心心的。

黑痣知好歹，不是一天玩到晚，时常拿出半支铅笔在小本子上写字，嘴里念着："2像小鸭，5像秤钩，6像慈姑。"鸡爪一样的手吃力地写着，写得煞有介事，可写出的东西歪七斜八，谁也不认得。

黑痣把"2像小鸭，5像秤钩，6像慈姑"唱小戏似的不离嘴地唱，可你让他认，他把2说成3，把4说成7……尽瞎说。

娘只有十三个牛屎饼子高，瘦得像片瓦。爹高高大大的。

一个有月亮的晚上，娘在屋里生孩子，爹蹲在洒满月色的天井里等着。

娘生出的孩子小得可怜，眉心间的一块黑色胎痣倒挺大的，让人害怕。爹进屋一看，大声说道："活见鬼，这老鼠大的东西也能叫作人?"

这个老鼠大的东西，哭声出奇地响亮，震得土坯泥墙的灰尘都落了下来。娘听着自己孩子的哭声，激动的泪顺着眼角淌，管孩子叫“黑痣”。

冬去春来，人家的孩子都长高了，可黑痣粘在地上似的不肯长。娘给他留着一撮胎毛扎的辫子，长得倒是老长老长的，挂在头顶上晃荡，显得特别的滑稽。

黑痣太瘦弱了，爹认定这老鼠大的东西长不大，村里人也认定黑痣长不大。娘怕，怕得目不转睛地盯着黑痣看，生怕一眨眼，黑痣就死了。

一早，娘就忙着用砂罐给黑痣煎药，药味弥漫半个村子。黑痣叉着腿坐在木凳上，等娘让他喝汤药。那只古瓷碗有黑痣的脸几个大，黑痣鸡爪样的手捧着碗慢慢地送到嘴边，眼睛一闭，“咕咚咕咚”地喝，像小牛喝水一样，一口气喝尽了。喝得小肚子挺多高的，走起路来，里面的汤药一晃一晃的。

娘把药渣倒在西墙根的路上，让过路的人踩。黑痣家的药味终年不散，越来越浓。娘把药渣越倒越远，一直倒到村头的大路上，让千人踩，万人跨，可黑痣还是那么瘦弱。

说不出黑痣有什么大病，只是脸黄兮兮的，爱倚着墙根晒太阳，眼睛微闭着，那样子真的叫人害怕，好似手一碰就碎了，太阳一晒就化了。黑痣的腿没力气，走路磕磕绊绊的，出门时，娘不是抱着，就是背着，黑痣还是跌得青一块紫一块的。

晚上，黑痣一躺上床就睡着了。夜里，娘的手伸到被子里摸，一摸吓一跳，心悬到了嗓子口，黑痣手脚冰凉，没有一丝热气。娘去摸黑痣的手腕，脉搏的跳动让娘的心放下了，可眼里搁满了泪，好似她的黑痣真的死过一回。

娘一夜要摸黑痣十几回，生怕自己睡得太死，黑痣匆忙“走了”，她还不知道呢。

有一次，黑痣差点就应了村里人的话，病得只剩下一口气，小小的肋骨一戳一戳地抽着，可怜。娘把黑痣贴在怀里，用几床棉被焐着，可黑痣还冷得像筛糠一样抖个不停。村里人都说黑痣活不了几天。娘不死心，整天整夜地搂着黑痣焐。焐了十多日，竟把黑痣给焐过来了。

村里人感到吃惊。

黑痣就这样歪歪扭扭、病病害害地活了一年又一年。

黑痣七八岁时身体壮实了一些，一个人抽黄牛玩，一个人扇纸豆腐块玩，玩得蛮开心的。没事就喜欢蹲在河边，看河里白花花的水，看河岸的嫩得滴出水儿的青菜，一齐绿着，惹得蝴蝶款款地飞。

天黑了，娘对着河边喊："太阳回家睡觉了，黑痣快跟娘回家啊。"

黑痣从河边走回家。

爹不想看到黑痣。

黑痣在爹斜斜的目光里，长到了十岁。

黑痣满十岁那天，河岸的菜籽花开了一片，满眼黄灿灿的，散发着浓郁的香味。黑痣家跟平常一样，爹一早出门做活儿去了，家里只有黑痣和娘。

娘买了一串红红的小鞭炮，挂在门前的树上。

鞭炮"噼里啪啦"响了起来，村里人好奇地围过来看。娘神气起来，站在树下，对着那么多人，利索地剪掉了黑痣头上那长长的辫子。

看着光头的黑痣，娘眼睛里闪着光。

她想：明天一定要送黑痣上学去。

红　杏

题记

过了些日子，河里的冰化了，爹又去镇上开轮船了，家里冷清了起来，但是红杏心里热乎乎的，因为她暗暗发誓："好好学习，以后成为一名女飞行员。"想到这儿，红杏的脸上露出了世上最灿烂的笑容。

红杏的家门前是条河。春夏时，近岸有水浮莲，碧绿的叶子像猪耳朵，展开的粉紫色的花，像一只只跃动的蝴蝶。

对岸就是学校，但没有桥，红杏带着两个弟弟、一个妹妹，沿着河岸走到头，然后过土堤绕道到对岸的学校里去。

他们走一路玩一路，到了学校，上课铃都已经敲过了。老师张歪头瞪了红杏一眼："等你爹回来，我是要告状的。"

张歪头天天要这样说一遍，都成了口头禅了。后来，红杏一进教室，同学们就抢先说："等你爹回来，我是要告状的。"气得张歪头的头更歪了。

其实，张歪头的头并不歪，只是有落枕的毛病，三天两头的梗着脖子上学校，孩子们背底里管他叫"张歪头"。

张歪头跟红杏的爹一同长大，一同去应征飞行员，复检那天，张歪头夜里落了枕，头歪了，被淘汰了。红杏的爹过五关斩六将，被选中了。这让一村子人骄傲得不得了：出一个飞行员了！那年，红杏的爹娶亲才三个月，娘哭哭啼啼的，爹依了娘，留在了村里。

爹没有开飞机，后来，到镇上开轮船去了。

娘成天病恹恹的。

十二岁的红杏当起家来。

红杏个头高，十二岁，看上去像十五岁，做得一手漂亮的活儿。割稻、插秧、耙地……做得跟大人不差毫厘，尤其是抬草和堆草垛这活儿，做得漂漂亮亮。

秋收后，打谷场上满眼是金黄的草垛，一堆挨着一堆。按人口分，一户几堆草。于是，全家老小都到打谷场去运草。有把草扎成一小捆一小捆背走的，有把草掀到小木船上撑走的，有用柳筐挑走的。最简易的办法是用两根木棍抬，一人站草垛前，一人站草垛后，木棍从草垛底下穿过，两人抓着露出的木棍头，把一个高高的草垛整个儿抬回家去。这既需要一把好力气，还需要好技巧，走在前面的稍轻松些，走在后面的，眼前有个大草垛，看不见路，脚下稍不留神，一滑，一趔趄，草垛就会倾斜，弄不好整个儿草垛会翻倒在路边的河沟里。

红杏长到十岁，就能用木棍抬草。娘走前面，她走后面，稳稳当当地把一堆堆草抬回家。孩子们对红杏多了几分佩服。

一堆堆草抬回家，接着就忙着在屋后堆个结结实实的大草垛。

堆草垛不是人人都会的，堆大了，不单单占地方，还矮趴趴的不中看；堆小了，草垛又高又陡，风一吹，翻了尖，草一拔，塌了顶。草压得松了，经不起风吹雨淋，一吹，草随风飞了，一淋，一个透心湿，里面整个烂了。草压得紧了，天天拔草烧，犹如拔茅针，不能一扯一把，累人。

村里许多大人都不会堆草垛，但是红杏会，每次堆草垛，一群孩子围着看，羡慕的目光让红杏拿木叉叉草的动作格外轻盈。

没多大工夫，红杏堆出一座金黄黄的、尖尖的草垛来。红杏站在草垛顶上，看着孩子们，神情是骄傲的。

红杏不仅会做活儿，而且胆大，多高的树，她都敢爬，多窄的桥，她都敢走，多深的河，她都敢游，不仅如此，她还想出花样来带大家玩。

红杏活儿做得漂亮，可是读书不上心。书包里，常忘记放铅笔和书本，但忘不了放跳绳、沙包、皮筋、玻璃球、蚕豆、扑克牌、小镜子……

红杏用一块小镜子把阳光引进教室，一闪一闪，孩子们追扑着、疯闹着。第二天，孩子们个个带小镜子来照光，满教室飞着亮闪，惹得张歪头非常恼火。

在课桌上撒把蚕豆，有缝隙的两个蚕豆间，用小指画线，食指一弹，两蚕豆相撞，赢了。红杏能不停地画线，不停地弹，每天都赢一口袋蚕豆，回家给弟弟妹妹炒豆子吃。

一群孩子随着红杏玩。

红杏贪玩，眼看要考试了，她赶忙突击一阵，对付考试，考出的成绩够升级了。可有几个跟着她一起玩的女孩挂了红灯，暑假后，补考再不及格就得留级了。

张歪头不忘自己是老师，白天，他在田里忙碌着，晚上，拎盏马灯到补考的孩子家辅导。张歪头教育着：“你们以后不能再跟红杏玩了，她老子开轮船，她不读书不要紧的，长大了，到她老子的船上卖船票，你们就只好种田了。”红杏正好路过补考女孩家门口，听张歪头这么说她坏话，就躲到田埂边，等张歪头出来。

张歪头拎着马灯出来了，优哉游哉走向田野。不知是兴致高，还是一个人走夜路要壮胆，张歪头竟哼起小调来。等马灯慢悠悠地亮到田野上，红杏拎起一块泥，砸进水田里，溅得张歪头一身泥水。

张歪头吓得飞跑。

红杏捂着嘴窃窃地笑。

张歪头管不住红杏。只有六叔有时看不顺眼，要教育红杏一顿。

冬天，孩子们喜欢赖被窝，起床上学都急吼吼的。可红杏迟到没边了。一天，红杏带着弟弟妹妹出门，对岸学校里的上课铃响了，红杏见岸边泊只抽水机船，就想从船上走过去，可船离对岸一大截，红杏打算带弟弟妹妹爬上船砸冰，把抽水机船撑过河上学。

可砸了半个小时，冰也没有砸开。六叔看到了，喊红杏快带弟弟妹妹上学。红杏嘴上答应了，等六叔回屋，又带弟弟妹妹砸冰，又砸了半个小时，冰没有砸开。红杏想溜冰上学，弟弟妹妹哭着不肯。

六叔听到哭声，出来一看，火冒三丈，撵上来就打。红杏机灵，一闪身，躲到河边的二婶家。二婶跟六叔吵过架，他俩一直不说话。

红杏坐在二婶家里，六叔在寒风里等她。

张歪头来了，昨夜，张歪头没有落枕，脖子直直的，心里舒坦，跟六叔说："别生气了，等她爹回来，我是要告状的。"

六叔冷得有些吃不消了，大声喊道："红杏，你听着，这一顿打六叔先给你留着。"说完就走了。

红杏大摇大摆地走了出来。

西北风吼了几天，大河都结了一层厚厚的冰，轮船跑不动了，爹回家来了。娘让红杏炒菜、温酒。张歪头听到了风声，急匆匆地来了。红杏瞪眼："你是来告状的，请你出去。"

张歪头"嘿嘿"地笑。

爹端着酒杯招呼着："坐下喝一杯，我家红杏让你操心了。"

张歪头端着酒杯，几杯下去，就乱了套了，本是来告红杏状的，结果说出来的话都给红杏添彩了，说自己没能有一个像红杏能干、大胆的丫头，要爹将来送红杏去开飞机。

爹笑了，说哪有女孩开飞机的。张歪头顶真起来了，说有。爹偏说没有。两人就争吵了起来，争得脸红脖子粗的。

弟弟妹妹看着笑，悄悄地嘀咕着："爹和张歪头发酒疯了。"

红杏趁着爹和张歪头发酒疯，顺出两只空酒瓶，去店铺卖了，小瓶七分，大瓶九分，硬币在口袋里“叮当”作响，撩得弟弟妹妹跟在后面跑。

过了些日子，河里的冰化了，爹又去镇上开轮船了，家里冷清了起来，但是红杏心里热乎乎的，因为她暗暗发誓：“好好学习，以后成为一名女飞行员。”想到这儿，红杏的脸上露出了世上最灿烂的笑容。

茫茫盐滩

题记

晒盐池就是把一片田挖成一块块浅浅的塘，在里面铺上海水，风吹日晒。渐渐地，海水凝结成透明的、大小均匀的小晶体，白光光的一片，好看极了。

满眼是白花花的盐。

这儿的人家，房屋落在河边的，叫家住在“河头上”；房屋落在晒盐的田陌间，叫家住在“圩子里”。母亲在圩子里，一口气生下七个孩子，他排行老七，母亲懒得取名，就叫他“小圩子”。

小圩子三岁，父亲死了。母亲把家从圩子里挪到河头上，看管跳板，一年能多挣六块钱，养家糊口。

跳板是拦在河面上的独木桥，一头绞在河岸边的石磨上，一头搭在对岸。装盐的帆船过河面时，看管跳板的人推动石磨，把独木桥顺到河边，这叫“磨跳子”，等船过去，又反推石磨，把独木桥横在河面上，这叫“盖跳子”。

小圩子小时候，推不动石磨，就由读小学的二哥和三哥轮着看跳板，每人半天。

小圩子读一年级了。二哥升入中学，功课多，不能再只上半天学了。母亲决定由三哥和小圩子轮着看管跳板，每人半天。

小圩子七岁，拿出吃奶的力气，才能推动石磨。磨一次跳板，盖一次跳板，都要折腾出一身汗，可他很快乐，觉得自己长大了。

一个大风天，风吹得河水一浪一浪的，可没有一只船经过，小圩子守累了，伏在石磨上睡着了。不久，一艘装盐的帆船顺着风，气宇轩昂地过来了，船主喊：“磨跳子了！”小圩子一惊，急忙推石磨，可风太大，顶着推不动，而帆船顺着风迅速撞上来了，“轰”的一声，把独木桥悠了起来，小圩子被甩了出去，一把吊住独木桥，空悬着，人没掉在河里，趿在脚上的新鞋掉在河里了。

从那以后，再累，小圩子也不敢打瞌睡了。

小圩子更喜欢上学的半天，喜欢一路滚着铁环在晒盐的田陌间飞快地跑着上学；喜欢坐在教室里写字、读书；喜欢跟孩子们搬着一条腿“斗鸡”；喜欢教他读书的女老师。

女老师有一个女儿，叫雨嫣，读三年级。小圩子上学前就听说女老师曾想领养他，母亲没有舍得。小圩子做了女老师的学生，最初有点害羞，不久，他就喜欢上女老师和蔼的目光、温和的声音了。

当年，女老师想领养小圩子，一是她生雨嫣难产，医生说不能再生了，可她一心还想有孩子；二是怜悯小圩子母亲守寡，拉扯七个孩子太苦。

现在，小圩子长大了，桃子头，眼睛黑亮，长得可爱又灵气，只读半天书，考试都考一百分。

小圩子半天上学，半天看跳板，虽说累，可过得很快乐。在学校，有女老师关照着；在家，有母亲疼爱着，有哥哥姐姐呵护着。大哥和二哥放学回家，轮着换小圩子看管跳板，让他出门和孩子们玩。

盐滩上的孩子最喜欢玩的游戏是爬盐廪。

盐廪分小廪和大廪，小廪是在晒盐池旁边的一个个小盐堆；大廪是在河边的大盐堆，绵延几里路，几层楼高，色如白雪。雨天，用一张张竹席遮盖盐廪，怕风吹，用两头削尖的竹条把席子钉牢在盐堆上，如插钗子，这儿的人叫它“盐钗”。

小圩子喜欢跟孩子们踏着一只只盐钗往上爬，看谁先爬上顶，然后，在大廪的顶上来回跑，嘴里唱着顺口溜：

爬大廪，

跳廪墙，

摞草包，

捉迷藏。

小圩子不贪玩，见太阳落山，就回家帮姐姐们烧晚饭。晚饭烧好，一家人高高兴兴地吃着。吃过晚饭，姐姐们一边做活儿，一边看跳板。小圩子拎着灯，跟哥哥们去海滩上捉小虾、小螃蟹、螺蛳、蛤蜊。

灯是大哥自己做的。在一只空液水瓶里灌上滚烫的热水，一烫，瓶底整个儿掉下来，倒过头来，把一根蜡烛插在里面，再用绳子捆好拎在手里。海滩上风野，水汽大，灯火埋在高高的瓶子里，瓶子能挡风，又能挡水雾。小圩子拎着灯，哥哥们在灯光下，低头拾小虾、小螃蟹、螺蛳、蛤蜊，拾上半麻袋就回家。

小圩子累了，回家倒头呼呼大睡。姐姐们忙着把小虾、小螃蟹什么的洗洗刷刷，倒在锅里烀，留着明天吃。哥哥们围着一盏煤油灯写作业。

这家人个个辛苦，但一个也不喊苦。一年到头都吃海滩上捉回来的小虾、小螃蟹什么的，早吃得没滋没味了，但谁也不嫌弃。七个孩子尽量不让母亲劳神，可母亲舍不得，尤其是对小圩子，他才七岁，一天累到晚，又没口好吃的，母亲觉得这苦日子对不住小圩子。

女老师跟母亲一样，心疼小圩子。下午，盐滩上的孩子都上学了，而小圩子坐在河边看跳板。晚上，孩子们在家写作业，小圩子拎着灯，在海滩上捉小螃蟹。女老师常跟雨嫣嘀咕着小圩子，不知不觉间，雨嫣把小圩子当作自己的亲弟弟了。

雨嫣不像盐滩上的孩子壮实、红润，她白皙，瘦得像根豆芽菜。

盐滩上晒盐靠的是海边的野风和晴好的太阳。雨嫣天生不是盐滩上的孩子，遇到风天，在盐滩上跑一圈，她身上就出一个个大红疙瘩，说是出风疹，痒得十分难受。夏天太阳毒，晒一会儿，她的脸上、手上出一个个小红点，说是出太阳疹。雨嫣经常闷在屋里，家里没有兄弟姐妹，不免有些孤单。幸好她生性活泼，独自在屋里折腾，喜欢踢腿，腿能笔直竖起，脚尖高过头顶，还喜欢劈叉、弯腰……

盐滩的路上到处零散着晶莹透亮的盐粒，爬着小蟹子、田螺什么的，雨嫣有洁癖，出门走路，寻找没有盐粒和小蟹子的空地走，踮着脚，走得一蹦一跳，身姿轻得像片羽毛。女孩们看雨嫣踮着脚走路，觉得好看，个个模仿，也把脚踮起来走，可这么走脚趾疼，咬着牙走上几步，一拐一拐。小圩子和一群男孩看那些女孩们走路，笑弯了腰。

雨嫣不但能踮着脚走路，还能踮着脚转圈。女孩们又模仿了，踮着脚转圈，“扑通”“扑通”，一个接着一个摔跟头，摔得自己也哈哈大笑。

雨嫣虽瘦，但长得很美，美得就像天上的小仙女，又能踮着脚转圈，盐滩上的孩子觉得神奇。

小圩子担心了，看雨嫣踮着脚转圈转得轻飘飘的，十分恐慌，怕她像嫦娥姐姐一样，飘到月亮上去。小圩子没有说出口，这恐慌一直搁在心里，只要雨嫣一转圈，他就这么想。后来，小圩子不知从哪儿听说，会踮着脚走路的人，是跳芭蕾舞的。

原来雨嫣是个会跳芭蕾舞的孩子。

从此，小圩子十分喜欢看雨嫣踮着脚转圈，卖力地跟孩子们一起数着："一圈，两圈，三圈……"

雨嫣踮着脚转圈时，眼睛晶亮，放出绚烂的迷人光彩。

孩子们十分羡慕，可模仿雨嫣踮着脚走路、转圈屡遭失败后，不想再让自己出洋相了，他们又回到空旷的盐滩上爬大廪、滚铁环、捞鱼摸虾了，看大人们晒盐、刮盐、堆盐、运盐了。

晒盐池就是把一片田挖成一块块浅浅的塘，在里面铺上海水，风吹日晒。渐渐地，海水凝结成透明的、大小均匀的小晶体，白光光的一片，好看极了。

大人们开始忙乎了，用刮板刮盐。盐刮出来，暂时堆在盐池旁边，就有了一个个小盐廪。然后再用一辆辆独轮车把盐运到河边，堆成一座又高又大的盐山，就有了一座座大盐廪。来盐滩运盐的船络绎不绝，一艘艘大帆船泊在河岸，眼看着高高的大盐廪一点点矮下去，帆船上装满了白花花的盐。

这时，盐滩上人多，来往的船只多，非常热闹。可把小圩子累坏了，不停地磨跳子、盖跳子，忙得汗淋淋的。

出盐的这种热闹，只有雨嫣不能亲身感受一番。因为出盐都在晴朗的、带风的天气。雨嫣不适宜出门，可听着外面的吵嚷声，她感到寂寞，没有心思踮着脚独自转圈跳舞了，两眼没了光泽，显得没精打采，犯困打瞌睡，一睡就是半天。

一天午睡，女老师做梦，梦到小圩子磨跳子，被摔到河里去了，只剩两只手在水面上。女老师惊醒了。此时，上课铃声响了，女老师匆匆起床进隔壁一年级教室上课了。

而小圩子下午看跳板不来上学，女老师看着空座位，心一直悬着。两节课后，女老师走出学校，去河边看看，远远见到小圩子蹲在石磨前，心放下了，便回到学校。

天突然刮了狂风，黑漆漆的一片，眼看要下暴雨了，学校提前放学。

女老师不见雨嫣回家，忙去三年级教室找，没人影，在校园里找，没找着。女老师慌了，跑到盐滩上找。

盐滩上，老老少少都忙着抢收，在盐池里刮盐。听说雨嫣跑丢了，一个个丢下刮板，到处寻找雨嫣。

这儿处处是水，一旦听说孩子走失，最怕溺水。在河边、蒸发池边、卤水池边找，都没有。有人说到水库那儿看看，水库又深又大，从大海里涨潮上来的水，滞留在水库里，茫茫一片，波浪滚滚，人一旦栽下去，是爬不上来的。

风大，天黑，雨“哗哗”往下倒，一个亮闪，好似把天空劈开两半，紧接着一阵震耳欲聋的霹雳声，随后响起了雨嫣惊慌的哭喊声：“妈妈——”

大家欣喜地朝喊声的方向看去，雨里跑着穿绿衫的雨嫣，一阵狂风，吹乱了雨的线条，吹得雨嫣右一斜、左一飘，踮着脚转圈圈，像一根柳条曼舞在风雨里。

其实，雨嫣吃完午饭就睡觉，一直没有醒来，要不是被雷声炸醒了，大家不知要找到什么时候。

这么一闹腾，耽搁了大家抢收盐，暴雨往下一冲，把盐池里的盐都冲走了。许多日子的忙碌一场空。女老师十分过意不去，觉得自己该走了。这几年，丈夫一直在等她和雨嫣去北京，可女老师丢不下盐滩上的孩子们。

女老师要走了，她问过小圩子，愿不愿跟她和雨嫣去北京。小圩子红着脸，低头跑了。

母亲又犹豫了，让小圩子去北京过好日子，还是留在身边过苦日子，拿不定主意。

女老师又等了一些日子，小圩子的母亲依旧没有答应。

一艘白帆船送女老师和雨嫣离开盐滩，河两岸站满了送行的人，大家招呼女老师有空就回盐滩看看，女老师说："一定会回盐滩来的。"

小圩子默默地蹲在石磨前，等着白帆船过来，他磨开独木桥，女老师对他说："好好读书，我们在北京等你。"

小圩子点点头。

白帆船走了，小圩子忘了盖跳子，一直看着白帆船消失，一颗颗泪水滚落下来。

青绿土坡

题记

二妈家的土坡样样都长，青菜一层一层的，山芋一垄一垄的，特别是韭菜一棵一棵的挺着，绿得很昂扬，不像我家的韭菜黄叽叽的。

农村到处是河沟。

我家屋后是条大河，对岸庄上住着二十多户人家，东边是条小河，对岸单单住着二爷一家。

二妈很漂亮，头梳得滑溜溜的，发髻旁插着一朵野花。虽近五十岁的人了，衣裤总是合适地窄在身上，走路娉娉婷婷的，不像一般的农村妇女，宽衣宽裤，走路风风火火。

二爷长得很丑，一只眼里蒙着厚厚的白膜，我们那儿的人叫它“泥螺壳子眼”。二妈一点也不嫌弃二爷，日子过得恩恩爱爱的。

二爷和二妈没有孩子。他俩把日子都打发到了屋后的地上。那是一块土坡，长长的，挨着河边，我最喜欢站在河岸看二爷二妈细心打理那块土坡了。

一天，二妈在给辣椒剪叶子，我看了，惊慌地喊着：“二妈，你别给辣椒剪叶子，辣椒受伤了会死的。”

二妈抬头朝我笑笑：“辣椒叶长疯了，结不出辣椒。”

我记在了心里，背着母亲剪了自家的辣椒叶子。结果二妈家稀疏的辣椒叶间，挂着一团一团的大青椒，我家的辣椒倒不如往年，结得皱巴巴的。

二妈家的土坡样样都长，青菜一层一层的，山芋一垄一垄的，特别是韭菜一棵一棵的挺着，绿得很昂扬，不像我家的韭菜黄叽叽的。母亲看了心急，忙给韭菜铺鸡屎、浇猪粪、洒草灰。功夫不负有心人，韭菜蓬勃地绿了，绿得十分耀眼，结果绿“伤”了，割了一茬，多长时间也不见韭菜往上蹿。

母亲跟村里大多数妇女观点一样：菜园里的东西长得不如二妈家，是因为带孩子累的，没闲空侍弄，不像二妈闲了没事，整天就弄那块地。

春天，二妈忙着育黄瓜秧，等冒出两片嫩芽时，二妈一棵棵挖在柳筐里，拎过河来送给母亲栽。开始，我们家的黄瓜跟二妈家的黄瓜长得一样青绿，惹人喜欢，可有了藤藤蔓蔓时，就不一样了。

在一个阳光灿灿的午后，二爷用青竹给黄瓜搭了一个长长的瓜架。一夜间，黄瓜爬上了架子，爬得那么妩媚动人，婀娜多姿。朝露里，黄瓜嫩弱的梢头，像淡绿的玻璃丝，嫩得让人不敢去碰，好像一碰就会断了似的。

看着二爷家的瓜架，我也缠着母亲搭。母亲嘴上说行，可忙得腾不出手来，拖了几日，才用芦柴草草地搭了个瓜架。

几日工夫，二妈家的瓜架上开满一朵一朵小黄花，它们一边结着黄瓜，一边攀着瓜架往高处爬。而我家的黄瓜好像打盹了，慢悠悠地，急死人了。等二妈家的瓜架上挂满了大黄瓜时，我家的瓜架上才稀稀疏疏地结了一些黄瓜纽子。我一早一晚去看黄瓜纽子，眼巴巴地盼着它们长大。终于有一条黄瓜长得像模像样了，我倒舍不得摘下吃，只是把鼻子凑上去闻闻它的清香。

清早，我睁开眼，蓬着辫子就去看瓜。那条像模像样的瓜被偷了，掐断的藤蔓还流着绿汁。我“哇”的一声哭了。二妈忙摘几条大黄瓜送过河来。我虽说没“蚀本”，但心里还是十分恨那个偷瓜的小贼。

天日渐热了，二妈家的黄瓜格外茂盛了起来，把土坡炫得闪眼。黄昏时分，二爷站在河坎上浇水，水像一片片薄金落在绿叶上，青绿的土坡更加光亮斑斓了。

夏日的中午，太阳火辣辣地悬在头顶，热得人喘不过气来。孩子们在河里找凉爽，河面上漂着木盆和葫芦。我躺在凉席上，翻来覆去睡不着，耳朵里灌满了庄上孩子在河里大呼小叫的声音。

我听得有些倦了，竟迷糊了起来。

不久，一阵“刷刷”的声响把我惊醒，竖起耳朵一听，像是有人走进了瓜地。我迅速冲出家门，要亲手逮住偷瓜的小贼。

阳光下，我家的黄瓜地纹丝不动，瓜叶蔫蔫地垂着。河里游水的孩子正一个个爬进二妈家的瓜地，捣翻着瓜叶，摘下黄瓜，搂抱着往河里跳。

我太气愤了，大声喊："二爷，有人偷瓜了！"

二爷拿起木叉出来了，偷瓜的孩子"扑通""扑通"慌忙跳进河里。

土坡被踩得乱七八糟。二爷心疼了，木叉往地上一戳，喊着："谁偷了我的瓜，老实些给我爬上岸，二爷不打他；要是不老实，二爷把你们一个个叉住！"

河里的孩子们盯着二爷看，目光无辜得像头顶上瓦蓝的天空。

二爷气得直抖，恨不得把木叉甩进河里。

土坡上的瓜叶忽地颤动着，二爷以为自己气昏了头，看花了眼，定了定神，瓜叶真的在动。二爷走过去，一把揪出了一个女孩。

那是九丫。

我蒙了，九丫怎么会到二爷家的瓜地里偷瓜呢？

九丫吓得眼泪直滚，一个劲儿央求："二爷，我没有摘瓜。"

二爷蛮横得不行，不听九丫辩白，拎起九丫就要打。我站在河岸拼命地喊："别打九丫！别打九丫！"

二爷根本不理睬。

二妈听到我的喊声，冲出门外，她知道二爷手重，忙让他松手。二爷虽蛮横，但事事都听二妈的。二爷松了手，九丫水淋淋地站在青绿土坡上，嘴唇乌紫，脸色苍白，一遍遍地说着："我没有偷瓜。我没有偷瓜。"

原来，九丫不会游水，抓着一只木盆涉到河心。几个偷瓜的"猴头"，看中了九丫手里的大木盆，拖着她过了河。

二爷冲出来时，那些"猴头"只管往河里跳，不会游水的九丫吓得一头藏到了瓜架里。听到二爷发火，九丫吓得直哆嗦，抖动了瓜叶，被二爷当贼捉了起来。

九丫真冤。

二妈一面埋怨二爷，一面哄着九丫："别哭了，二妈最喜欢九丫了。"

二妈摘了几条黄瓜给九丫。九丫直摇头，转身走了，沿着田埂，一边走一边哭，亮晶晶的眼泪洒落一路。

九丫和我是同桌，坐在一张课桌上，我俩寸步不离，好得像一个人似的。

九丫入学时，老师问她叫什么名字，她眨巴着眼睛不说话。

“还没有起名呢，一直叫她九丫头，”送她上学的母亲说，“那就叫九丫吧。”

于是，九丫有了自己的名字。

九丫有一双笑盈盈的眼睛，一笑一对酒窝。她好似天生爱笑，见人就笑。她心里有什么高兴的事要告诉别人，未曾开口就先笑，笑了好一阵子也没说出话来。

九丫和我坐靠窗口的课桌。教室后的空地种着一些石榴树，一到五月就开花，花开得红彤彤的，非常茂盛。一天，九丫突然说：“快看，结了一个大石榴。”我朝窗外看去，树上一片红花，没有一个石榴。我上当了，九丫“咯咯”直笑，见我要追，笑着跑了。过了几日，我喊九丫：“快看，真的结了一个大石榴。”九丫欣喜地朝窗外看，树上还是红红的花。她被骗了，乐得“咯咯”地笑。

九丫被二爷打了，我心里非常愧疚。

上学时，我一心想让九丫明白，我不知道她在瓜地里。可九丫从不提被二爷打的事，还是那么乐着，一笑就是半天。

庄上的“猴头”们倒是常朝我瞪眼：“狗拿耗子多管闲事。”

“偷瓜小贼。”我说。九丫跟过去一样护着我，一起喊：“偷瓜小贼。”谁也不敢搭茬。谁搭茬，谁就是“偷瓜小贼”了。

其实，庄上孩子偷瓜也不足为奇。庄户人家在庄后的大片田野里，种的都是水稻和麦子，就算有自留地也舍不得辟出一块来种不顶饱的瓜菜。再说瓜菜不长在眼面前，长了也是白长，被人偷了的多。

庄上一家看一家，大多数人家干脆把自留地也都种了粮食。孩子们看到别人家菜园里脆嫩的瓜，嘴就馋，管不住自己的手脚，钻到菜地里摸瓜。

大人们不大管孩子摸瓜的事，这风气就一直延续着。

我坚信九丫是不会偷瓜的。隔三岔五，我就揣根黄瓜藏在书包里带给九丫，她总是笑着直摇头，我不乐意了，她才收下。九丫家刨山芋，她把山芋揣在书包里带给我。我和九丫躲到学校竹园后的杨树上，那杨树横卧水面，就像一把睡椅，我们悠闲地躺在上面，分享着家里带来的东西，吃得有滋有味。

时间久了，杨树都被我们磨光滑了。

九丫没偷瓜，却被二爷打了，她一点也不在意，可我把后悔深深地藏在了心里。

事隔半月，九丫突然喊头疼，蜷成一团。九丫的母亲抚摸着九丫的头，九丫笑了，说不疼了。

过了两天，九丫的头又疼了，疼得像锥子锥似的，“嗷嗷”地叫。

九丫的大姐背着九丫去庄后看病。

看病的是九丫的叔伯大爷，大爷见九丫疼得冷汗淋淋的，说：“赶快送城里，像是急性脑膜炎。”

九丫张着嘴，手脚抽搐着，脸色纸一样苍白，还没到城里就不省人事了。

九丫死了，庄上一片吵嚷声。

我听到这个可怕的消息，好似天塌了下来，满脑子都是九丫：不是笑盈盈的九丫，耳边不是她“咯咯”的笑声，而是被二爷抓住的九丫，耳边响着她的央求声：“二爷，我没有偷瓜。”

母亲带我去庄上看九丫。

满屋子都是哭声，呼唤着九丫回来。我吓得躲在屋外，不敢进去看一眼。

九丫埋在了庄后的田野里。

我无法相信，和我同桌的九丫被埋在了一堆黄土下面。一切都像梦，这堆黄土怎么能和笑容灿烂的九丫联系在一起呢！

可九丫就是消失了。

我恨自己，恨那天不该喊二爷。

翌年。二妈家的土坡，出奇的茂盛，高高的黄瓜架上挂满了一条条大黄瓜。风吹来时，瓜叶翻卷，黄瓜随之摇曳。下雨时，黄瓜的梢头冒着淡淡的烟雾，等到太阳出来，叶子格外的绿，黄瓜的颜色也格外的翠，惹人嘴馋。

二妈喊我去摘瓜，我不吭声，二爷把黄瓜送了过来，我看也不看一眼。母亲让我谢谢二爷，我佯装没听见，二爷讪讪地走了。

母亲训斥我："越大越不懂事了，二爷好心送瓜给你，连一声'谢谢'都不说，这让二爷多伤心啊。"我看着母亲，没有说话。

二爷家的土坡依然那么青绿，二爷二妈在土坡上依然不停地忙碌。

可我一眼都不想看。

青青紫苏

题记

糖河两岸的紫苏叶片片鲜亮，盛开着一串串花，淡紫和白色晕染在一起的花瓣温馨又雅致，像一只只小风铃在秋风中摇曳，散发出浓郁的香气。

1

夏天。

糖河两岸的紫苏长得十分茂盛，青青绿绿，很招人爱。

早晨，小樱拎着竹篮去河岸摘青青的紫苏叶，回家洗净沥水。母亲把沥水后的紫苏叶放在大水壶里煮沸，再放入白糖，冷却后，做成清凉饮料，给小樱和小虎喝，可防暑。

小樱喝得挺香的，弟弟小虎说有一股怪味道，坚决不肯喝。

母亲是医生，觉得紫苏实在是好，不仅用紫苏叶、紫苏梗、紫苏籽做药给人治病，还喜欢用紫苏叶做凉拌菜，在鱼汤、排骨汤起锅前，也放上几片入汤，增添美味。

小樱随母亲，爱用鲜嫩的紫苏叶裹饼、裹米饭、裹炒肉丝，蘸上酱油吃，觉得满嘴一股甜甜的香味。而小虎一口不吃。

母亲不答应。

尤其到夏天，母亲硬是逼着小虎喝紫苏茶防暑。最终，小虎提出："小樱陪我玩'拖拉'，我就喝半碗紫苏茶。"

"拖拉"是两个人玩，也可以几个人玩。先把一副扑克牌平均分，背面朝上抓在手里，然后轮流出牌摆长龙。看谁出的牌跟上面长龙里的牌一致，若是老K，就把牌一直撤到上面的老K那里。长龙短了一截，手里的牌增厚了一层。

长龙一会儿长，一会儿短，手里的牌一会儿薄，一会儿厚，玩得拖拖拉拉的，没完没了。

小虎痴迷玩"拖拉"，而小樱最讨厌玩这种难决输赢的游戏。

但为了让小虎喝上半碗紫苏茶，小樱只好陪他玩“拖拉”。

小樱喜欢吹口琴，吹得悠扬动听。

正逢暑假，大人小孩闲来没事，坐在穿镇而过的糖河边纳凉。大人喜欢看孩子们表演节目，总是让小樱吹口琴，小樱很乐意，一口气能吹上几首电影插曲。

接着大人就让小虎转眼轮，这是小虎的绝活。

小虎的眼睛大，眼珠黑得像乌豆，会“骨碌碌”地转，一会儿顺时针转，一会儿逆时针转；一会儿慢悠悠转，一会儿飞快地转。

镇上人都喜欢看小虎转眼轮，小虎也乐意表演自己的绝技。

小虎只要走在街头，总会有人喊一声：“小虎转眼轮给我们看看。”小虎的眼睛立马像小风车遇到风，“骨碌碌”地转了起来。

人一旦出名，就有了架子，渐渐地，小虎开始摆架子了，不那么轻易表演绝技了。在街头乘凉的大人再请小虎转眼轮时，小虎就把大眼睛眯缝着。小虎越是不乐意表演，大家越是想看小虎转眼轮。一群人围着小虎，又吓唬又是哄，让小虎转眼轮。

小樱想显示一下做姐姐的威严，喊着：“小虎转眼轮。”

小虎瞥了小樱一眼，把眼睛闭得更紧了。

小樱丢了面子，沉思了一下，在小虎的耳边说：“你转眼轮，我天天陪你玩‘拖拉’。”

小虎一听，立刻转起了眼轮，睁大眼睛，黑亮亮的眼珠“骨碌碌”地转，大转，小转，上下翻转，左右滚转，转得眼花缭乱。

人群里一片掌声。

为了争回面子，小樱把整个暑假都搭进去了。

小樱一旦不陪小虎玩“拖拉”，小虎就向母亲状告小樱不守承诺。

小樱盼着开学，想被一群同学围着，听她吹口琴，不愿待在家里被小虎缠着玩“拖拉”。

2

夏天渐渐远去，白天炎热，早晚的天气已经织进了凉爽。

暑假终于见底，开学了。

小樱抓着口琴兴高采烈地走在街头，一到学校，孩子们团团围着，听她吹口琴，小樱吹了一首又一首。

小樱吹得如痴如醉时，林岚老师走进了教室，忽感眼前一片清亮，小樱的琴声停住了。

林岚一身淡蓝小花的布裙，白色高跟鞋，衬得她格外白净。小樱觉得自己晒得太黑，瞬间没了自信，把口琴藏到口袋里。

同学们一起惊叹："哇！林老师真白，真漂亮。"

林岚笑眯着月牙眼："别拍马屁了，我不想上当，请同学们准备考试。"

这一招太出乎人的意料了。

整个暑假，孩子们都泡在糖河里洗澡，在街头纳凉……一玩到底。

试卷发了下来，一个个傻眼了。看上去都学过，可脑子里的字、词、句差不多忘光了，滑溜得抓不住，模糊得急煞人。

林岚坐在门口，拿张报纸竖起来看，把整个身子都遮住了。

孩子们趁机活动起来。

林岚手里的报纸，中间有一道缝，透过这缝隙，她能看到孩子们的一举一动。

香香的脖子伸长了，同桌麒麟用手遮住试卷，急得香香小声求他："麒麟，让我看看吧。"

麒麟一耸肩，把试卷遮得更严实了。

一会儿，麒麟掷出一只纸球，不偏不斜，砸在小樱的试卷上。麒麟能给班长小樱传答案？林岚不信。小樱展开纸球，匆忙扫了一眼，然后在上面急急地写字。林岚这下明白了，原来是麒麟向小樱求援。

小樱写好了，捏好纸球投掷回去，可劲儿太大，纸球滚到了讲台前。

麒麟用胳膊肘捅香香，朝纸球一努嘴。

香香抬头朝林岚看，见报纸完全遮住了林岚，便大胆地猫着身子离开座位。

林岚故意咳嗽两声，香香吓得蹲下身子，停顿片刻，又抬头朝林岚看一眼，迅速把纸球捡给了麒麟。

麒麟把纸球铺展在试卷底下，奋笔疾书。香香又一次伸长脖子看，麒麟用手捂着，香香急得把屁股抬起来，麒麟又用半个身子遮在试卷上。香香的脸气红了。

林岚觉得麒麟太过分，香香冒着风险给他捡纸球，他竟独霸了纸球上的答案。

香香无奈，从书包里取出一张纸，写上不会做的题，搓成纸球，向小樱扔去。

纸球砸偏了。

这时，四面八方的纸球向小樱飞来，砸在小樱的手上、脸上、头上、脚边……小樱分不清是谁的，考场上一片混乱。

整场考试，林岚一直用大报纸遮住自己，从报纸缝隙间窥视孩子们的样子，忍不住想笑。

接着，林岚连咳嗽几声，给孩子们警示，收敛住事态。

林岚放下报纸，走到讲台前。

鸦雀无声。

林岚宣布："考试就到这儿，今天的试卷不收，自改。"

"啊!"一片惊讶声。

林岚"扑哧"笑了："早知道就不费神偷看了。"

同学们忍不住窃窃地笑。

林岚说："有的同学平日里不讲整洁，桌肚里一塌糊涂，没空收拾，考试时间那么紧张，他的两只手不停地伸进去收拾书本，忙个不停。有的同学平时不热衷体育运动，考试的时候，偏偏喜欢投纸球，平时不训练，纸球哪投得准啊？纸球到处滚，急死人了。有的同学一趟趟上厕所，看来是身体突然欠佳，拉肚子了。有的同学感冒了，不停地低头擤鼻涕……”

同学们笑倒一大片。

林岚拿出报纸，给同学们展示中间的缝隙：“看到了吗？老师是从这个缝隙里，看到你们偷看的样子。班长小樱最忙。”

同学们个个大吃一惊。

林岚说：“今天考试，老师只是让你们收心的。以后考试绝对不允许偷看。”

同学们见林岚赦免他们，大声回答：“行！”

下课，林岚一拍麒麟：“你太不讲义气，人家小樱给你雪中送炭，你不肯给香香雪中送炭。”

麒麟的脸涨红了。

3

在学校，林岚和孩子们在一起很快乐。下了学，离开孩子们，林岚就有些忧伤了。

林岚结婚六年了，一直没有孩子。

去年，祖婆婆去世了，临去世的几天，说话颠三倒四，对着林岚咕噜：“你怀孩子了，不能出来，快躺到床上去歇歇。”又说：“天凉了，快把红毛衫拿给我，给我重孙子穿上。”

这儿的风俗，家里有曾祖母在世，孩子落地，先穿上曾祖母缝的红毛衫。

红毛衫是大红棉布缝的偏襟小褂子，缝的不是实边，是毛边，故而叫“红毛衫”。祖婆婆怕自己人老眼花，看不见针脚，两年前，就把红毛衫缝好等重孙子出世。

可林岚天生体弱，一遭风寒就咳嗽、发热，隔三岔五就到医院找小樱的母亲看病。

小樱到医院来找母亲，自然会遇到林岚。

林岚看到小樱，深深叹息着：“如果我能有一个像小樱这么聪明漂亮的孩子，那该多好。”

小樱母亲安慰着：“一定会有的，你得先把身体养好。平日可以吃一些紫苏叶，炖汤、泡茶、凉拌、生吃都可以。”

小樱听说了，激动地告诉香香和麒麟他们：“我妈妈说林老师天天吃紫苏叶就能怀上孩子了。”

一早，小樱到河岸摘紫苏叶，见同学们提着柳篮子、柳筐都来到河岸。紫苏叶片片沁着露水，尤其鲜嫩，他们摘了一篮篮、一筐筐，一起去学校送给林岚老师。

林岚看到这么多鲜嫩的紫苏叶，笑眯了月牙眼，感叹着：“太多了，我实在吃不下，你们还是带回家吧，林老师谢谢你们。”

“不行。”孩子们固执地要林岚吃他们采摘的紫苏叶。

林岚只好全部收下，找一张芦苇席放在一棵大树的阴凉处，铺开紫苏叶，阴干，留着泡茶喝。

从那以后，林岚的屋里整天飘着青青紫苏的苦药味。

小樱每天上学，路过林岚的屋子，闻到药味，心里就有一丝淡淡的忧伤。回到家，小樱催促母亲：“你把林老师的病早点看好，让她怀上孩子。”

母亲说："我会尽力给林老师看病的，这是大人们的事，不用你愁，你读好书。"

小樱还是放心不下，每天睡觉前，悄悄合掌，对着窗外的月色说道："月光婆婆给我们林老师送个孩子吧……"

4

白皙、披着一头鬈发的林岚捧着书走进教室，同学们的眼前总是一亮，立马就被吸引了。

林岚这种吸引人的魅力曾闹过笑话。

三年前，林岚到偏僻的芦荡村小学监考。走进一年级教室，孩子们盯着她看。林岚让孩子们做试卷，孩子们还是盯着她看。有一个小男孩的鼻涕拖下来，快流过嘴巴了，竟然忘了擤。

林岚心想：大概乡下孩子害怕陌生的老师。她朝孩子们微微一笑："别害怕，快做卷子。"

孩子们依旧盯着林岚看。

林岚不安：这么多孩子都不写字，盯着我看什么？

结果，一群孩子交了白卷。

芦荡村的老师看着一张张白卷，十分惊讶，问孩子们怎么没有做试卷？孩子们回答："我们看老师了。"

芦荡村小学的老师这才恍然大悟，原来是监考老师太漂亮了。

这笑话传开了，传出方圆几十里，大家都知道糖河镇小学有个漂亮的女老师。

林岚老师令芦荡村的孩子着迷，更令自己班上的孩子们着迷。

班长小樱迷恋林老师的白皙皮肤，因为小樱黑，做梦都想自己能像林老师那么白，可林岚却想晒得黑一点，那样健康。

有的孩子喜欢林岚的鬈发。林岚偶尔把长长的鬈发高高绾起，大多数时候，把鬈发拢在一起，随意编几下，系根淡雅的发带，拾掇得很随意，可就是好看。

有的孩子喜欢林岚的眼睛，那眼角微微上扬，一笑，像两个小月牙。

课堂上，林岚神采奕奕，声音明亮，妙语连珠，逗得孩子们捧腹大笑。

孩子们正听得痴迷时，林岚突然打了一个嗝。

孩子们盯着林岚看了半天，忽然明白过来，激动得蹦跳起来，大声喊："林老师怀上孩子了！林老师怀上孩子了！"

林岚的眼角湿润了。

放学后，小樱乐得满街满巷地跑，跑一路嚷一路："我们林老师怀上孩子了！我们林老师怀上孩子了！"

一群孩子随在小樱身后跑。

消息一传出，整个糖河镇沸腾了，人们个个笑容满面。

翌日早晨，林岚坐轮船去城里检查身体。

恰逢初秋，风从河面上悠悠掠过，水凉了许多。糖河两岸的紫苏叶片片鲜亮，盛开着一串串花，淡紫和白色晕染在一起的花瓣温馨又雅致，像一只只小风铃在秋风中摇曳，散发出浓郁的香气。

船行在糖河里，林岚看着两岸一串串风铃似的花朵，嗅嗅浓郁的花香，心里涌起一股温馨。

到了城里，林岚满怀美好的期待走进医院。

检测结果：没有怀孕。

林岚坐上回糖河镇的轮船，一路上，林岚坐在窗前哭泣。

林岚回家就病倒了。

河岸的紫苏结籽了，散发出的香气招来鸟儿觅食，河两岸鸟鸣不绝。

紫苏籽易脱落，必须在种子半成熟时，割下全株，倒挂在通风处阴干，或是在空地上晾晒数日，然后脱粒。若不及时采收，种子自然脱落，成群的鸟儿就会飞来吃光紫苏籽。

鸟在河岸觅食，鸡和麻雀在稻田里悠闲地拾稻粒，空气里充斥着紫苏籽和稻谷的清香。

大人们在河岸收割紫苏，在周围大片大片的田野里收割稻子。林岚多么渴望自己能在这种子成熟的季节怀上孩子。

就在大家不再指望什么时，奇迹出现了，林岚怀上了孩子。

孩子们盯着林岚看，小心翼翼地守着这个美好的消息。最终，没能压抑住内心的激动，大声嚷嚷："林老师怀上孩子了！"

两个月后，林岚突然消瘦，大碗大碗地吃饭，还是感到饿。心里慌，一碰一身汗，稍微用点力，气就喘不过来。她丈夫有些担忧。

小樱母亲看到了，一愣。林岚的丈夫从小樱母亲的眼神里看到了不安，忙告诉小樱母亲："林岚多汗，气促，吃得多，但人消瘦。"

小樱母亲一听，猜到林岚病了，但故作轻松地笑笑："孕妇就会虚弱一点，不过最好做个检查看看。林老师天生单薄，多注意一些才是。"

林岚去了医院，检查的结果跟小樱母亲猜的一样，林岚患了"大脖子病"。

林岚感到天塌下来了，她不在乎患了什么病，可是听说患了这种病，肚子里的孩子大多是不聪明的。

小樱母亲建议："把孩子流掉，等病治好了，再怀孩子。"

林岚回到家，抓着祖婆婆缝的红毛衫，哭了一夜。早晨，林岚对丈夫很坚定地说："就算不聪明，我也要生下来，那是我的孩子。"

小樱听说林老师患上"大脖子病"，担心了，问母亲："林老师肚子里的孩子一定不聪明吗?"

母亲说："不一定，只要把病情控制好，也能生出聪明的孩子。你们要让林老师开心。"

小樱把母亲的话告诉了同学们，一起约定：要让林老师开心，生出一个聪明的孩子。

5

小樱是班长，带领同学们把地扫了又扫，黑板擦了又擦，桌子抹了又抹，一尘不染。她要求作业本不留一个斑渍，写得清清爽爽；该背的课文，不准打磕巴，要滚瓜烂熟。

同学们听从小樱的指挥，不让林老师多操一点心。

晚上，小樱睡在床上，闭上眼睛，默默盼望：让我们林老师生个聪明的孩子。

夜里，小樱梦到了林老师的孩子，穿着红毛衫，坐在一座大桥上，目光呆滞，眼里没有一丝光泽，只会朝着东方的霞光傻傻地笑。

醒来，小樱慌了。

小樱琢磨：如果林老师天天盯着一双灵动、神气的眼睛看，肚子里的孩子一定就会有灵气。

到哪儿找一双灵动的大眼睛？小樱坐在桌前想着，蓦然回头，看到伏在床上玩“拖拉”的小虎，眼睛又大又亮，像两只黑杏仁，圆溜溜的，还能像风车一样“骨碌碌”地转。

小樱激动得叫了起来：“小虎，如果你能答应姐一件事，姐天天陪你玩‘拖拉’。”

小虎有点受宠若惊，眼睛瞪得溜圆，盯着小樱看。

“我们林老师怀孕了，可患上了‘大脖子病’，担心肚子里的孩子不聪明。我想如果林老师天天能看到我家小虎又大又亮、不停转动的眼睛，她肚子里的孩子，就会像我们小虎一样机灵了。”

小虎听了小樱的话，一口答应。

小樱拉起小虎就去学校看林老师。

到了林老师家，小虎没等林老师缓过神，就开始了精彩的表演：漆黑的眼珠“骨碌碌”转，时而慢悠悠，时而飞快，像两只飞旋的风车。

林岚赞叹不已，问小虎：“怎么想到来我家表演转眼轮的？”

“小樱说林老师天天看我转眼轮，肚子里的孩子就会像我一样机灵了。”

林岚的心里充满了感动，对小樱和小虎说："老师谢谢你们，我非常喜欢看小虎转眼轮。"

小虎得意地说："那我天天来。"

从此，小樱带着小虎天天来到林岚家，小樱吹口琴，小虎转眼轮。

小樱悠扬的琴声和小虎转眼轮的表演给林岚带来无穷的乐趣，可"大脖子病"如同一块乌云，遮在林岚的头顶，让她看不到一丝阳光。林岚盼望这黑漆漆的日子飞快地过去，孩子早点出生，又害怕这个日子的到来。

日子就这么熬着，眼看到了冬天。

天空有些苍白，空气冷得刮脸皮，河面结了厚厚的冰，如一条银亮的带子。

糖河镇没了往日的热闹，天冷，人们窝在屋里不想出门。林岚怕遭风寒，晚上不去小镇的街头散步了，早早睡到被窝里取暖。

林岚走路少了，两条腿水肿。小樱母亲又给林岚配药：紫苏梗、蒜头连皮、老姜皮、冬瓜皮，水煎服。

林岚的屋里一直弥漫着药味，散发出紫苏叶和紫苏梗的香味。

一个月后，小樱在梦里听到有人喊母亲，说林老师生孩子了，难产，脐带绕住孩子的脖子。

小樱惊醒了，这才知道不是梦，一骨碌起身。母亲问小樱：“天还没有亮，你起来干吗？”

“我要去陪林老师生孩子。”

母亲点点头：“好。”

小樱抓起口琴，随母亲直往医院跑。

母亲一到医院，让人立即把林岚推进手术室，剖腹手术。

小樱守在门外。

小樱抓起口袋里的口琴放在嘴边，琴声悠悠响起，小樱焦急的心安静了。她用心吹，琴声纯净又清脆，响在医院的走廊里。

躺在产床上的林岚听到小樱美妙的琴声，渐渐平静了下来。

林岚的孩子，穿上了祖婆婆缝的红毛衫。

林岚对小樱说：“这孩子在我肚子里时，是你的琴声陪伴他长大，现在又是听着你的琴声出生的，林老师谢谢你。”

小樱看着林岚怀里的孩子，穿着红毛衫，那红扑扑的脸蛋可惹人喜欢了。

天已大亮，云霞灿烂，小镇一派宁静。

小樱跑出医院，沿着石板街，一边跑一边喊："我们林老师生了一个小孩！我们林老师生了一个小孩！"

糖河镇在小樱的喊声里醒来了，一个传一个，消息飞跑在大街小巷。

林岚恢复了过来。

孩子也很聪明。

太阳从灿灿的云霞间跃出，高高悬挂，糖河镇迎来了又一个晴朗、明媚的早晨。

糖河两岸的紫苏叶青青绿绿，沾着露水，在晨光下，泛着耀眼的光亮。

秃　疤

题记

笛声停息，顺子慢慢地停止了转动，草滩上出奇的宁静。夕阳已令人目眩地辉耀于远处叶丛和枝丫之间。顺子猛然仰起头，面向夕阳，大叫着："火来了，火来了！"背朝落日直奔远去。

头上戴着花环的顺子，劈开腿儿骑在一头孱弱的小牛背上，面朝落日的余晖，脸上漾满痴迷的神色。他和牛仿佛跟草滩一样，都是生就在这儿的，是静止的，是在夕阳下雕刻出来的。

太阳最终坠入山谷里，余晖像血涂满了天空。顺子突然浑身颤抖，大叫道："火来了，火来了！"用柳枝猛抽着牛的屁股。牛懵懵懂懂跑在草滩上，吓坏了躺在草地上的放牛娃，拖着鼻涕茫然地望着，惊慌的顺子和牛歪歪斜斜地消失于草滩之中。

天色将暮。垂钓的人都离开了河岸。放鸭的孩童拿着竹竿赶鸭进窝。村舍屋瓦上炊烟四浮。田野渐渐归于平静。

顺子的哥哥扛着木犁，牵着牛，向池塘走去。牛站在塘岸的柳树旁，碧绿的柳枝在牛的脊背上拂动。累了半天的牛贪婪地啃吃着塘旁的青草，那声响酷似下雨。哥哥顺势坐在塘岸，把沾满泥土的双腿惬意地伸进池塘，感到塘里很静，有点异样。哥哥抬起头，见村里放牛的孩童拉着牛往自家的农舍走。哥哥朝着空荡荡的草滩喊了几声“顺子”。

天黑透了，顺子没回来。

哥哥寻遍了整个村子，不见顺子的影儿。他失望地坐在门槛上，仰望着寂静的夜空。明月形单影只，在云间浮游，哥哥的心头又一次涌上了浓浓的焦虑和惆怅。

哥哥放牛的时候，顺子总是跟着他。顺子一听到笛声的召唤，就木然地在草滩上跌跌撞撞地乱转。放牛的孩子故意逗弄顺子，你吹一曲，他吹一曲，让顺子像只陀螺似的不停地转着。骑在牛背上的哥哥心疼顺子，愤怒地冲向围观取乐的人群。

笛声停息，顺子慢慢地停止了转动，草滩上出奇的宁静。夕阳已令人目眩地辉耀于远处叶丛和枝丫之间。顺子猛然仰起头，面向夕阳，大叫着：“火来了，火来了！”背朝落日直奔远去。

哥哥追去，一把抓住顺子哆嗦的手，充满柔情地摸着顺子头上的秃疤：“别怕，那是太阳要落山了。”可顺子依然恐惧地注视着天空中燃烧的晚霞，嘴里不停地咕噜着：“火来了，火——来——了。”

夕阳下，哥哥牵着牛，拉着极不平静的顺子朝村子里走。

早晨。屋檐下，夜凝结的雾珠淅淅沥沥地滴落。门前的野石榴花开得火红。顺子把花摘下，极可笑地插在头上的柳环上，然后到池塘边牵牛去草滩。

放牛的孩童唱着：“顺子有秃疤，嫌丑爱戴花。”顺子对他们傻笑着，那笑在阳光下十分的新鲜，倒把这群孩童给吓住了。顺子又以一个古怪的动作摘下柳环，高举过头顶，仰目直视，头上的那块秃疤在晨曦下显得特别的光亮。

顺子头上的秃疤是在他五岁那年春天留下的。

春天的草滩青绿透亮。顺子立在草地上，直勾勾地盯着骑在牛背上的哥哥。哥哥可怜顺子，抱他到牛背上闲耍，顺子兴奋得直叫。他求哥哥让他一个人骑牛，看着顺子痴痴的目光，哥哥从牛背上跳下。牛惊慌地高扬脖颈，哥哥迅捷一跃想抓住牛绳，可牛已纵出很远。顺子从狂奔的牛背上摔下，头撞在石块上，鲜血猛地溅上草滩，像一朵花似的在绿草叶间开放着。从此，顺子头上留下了那块闪亮的秃疤。

冬天到了。

夜里降了雪。

早晨哥哥醒来，感到脚下空空的、凉凉的，顺子不见了。哥哥推开门，一望无际的雪地上留着一行清晰的脚印。

雪纷纷飘落，农场上的草垛变成了一座座银白的小山，田野里的树枝压得弯弯的。凛冽的寒风夹着雪花吹在哥哥的脸上，灌到脖子里，直窜到心口。哥哥沿着脚印，独自在冰冷的雪地里找寻着。

疲惫的哥哥终于在邻村一片寂静的雪野里找到了顺子。顺子手抱着头，光着脚，蜷曲着身子昏倒在那儿。哥哥跪在地上，搓揉着顺子冰冷发紫的双脚，泪水盈满了眼眶。

夜幕下的雪地里，哥哥背着顺子回家。

翌日，顺子在昏睡里醒来，一睁开眼就喊叫：“火来了，火来了！快逃，快逃，快逃！”“弟弟别怕，有哥哥在，你什么都别怕。”哥哥心疼地哄着顺子，手抚摩着顺子头上的秃疤。顺子果真安静了。

雪夜里第一次出走后，顺子常常往外跑。

顺子一次又一次走失，哥哥一次又一次苦苦地将他找回。寻得最苦的是去年的夏天。

夏日的清晨，哥哥带着顺子去海边买头壮实的海牛回家犁地。哥俩一路说笑，似乎这世界只属于他们两人。

到了海边，茫茫大草滩上，一头头膘肥肉圆、毛色油亮的海牛，在宽阔大海的映衬下显得格外健壮。哥哥一下子被吸引住了，他让顺子站在大树荫下等着，自己冲向了牛群。

哥哥的目光直视着一头头海牛，突然听到背后有着异样低沉有力的鼻吸声。回头一看，眼前是头特别壮实的公牛，摇晃着双角，向他走来。哥哥激动得眼里闪着喜悦的光辉，忙喊顺子来看，可树下空空的。哥哥慌了，放开嗓子呼喊着。

淡蓝的天空和深蓝的大海沉默不语，只有牛的“哞哞”声。远处的山谷沉在最后一抹余晖里。山影灰了，树林淡了，茅舍模糊了，炊烟终于和天地融成了一片。暮道蔓草繁茂，天空云遮月暗。大自然中寂寞地响着哥哥单调疲倦的脚步声。

一个夜悄然过去了。

天色渐明，朝露弥漫。狗在浓雾里吠了起来，大地从沉睡中苏醒。清晨略带一丝凉意的空气使人精神抖擞，一种力量沁入哥哥的体内，他忘却了疲劳，立起身向眼前的村庄走去。

一座农舍的门“吱”地开了，一个年轻的村妇担着水桶从屋里出来，哥哥前去询问。睡意慵懒的村妇，迷迷糊糊地摇了摇头。哥哥呆呆地停在那儿，看着村妇的背影消失在雾纱之中。

雾散尽，丝丝缕缕的乡村气息涌了出来。路头集市的吆喝声、谈笑声、狗的叫声混成一片，十分热闹。哥哥见人便问，可曾见过头上有秃疤的弟弟？卖肉的汉子搓了搓油手说，昨天好像见过一个头上有块秃疤的小伙子，疯疯癫癫地从集市上过去了。哥哥的心猛地热了起来，腿也不酸了，脚也不疼了，沿着一条窄窄的田间小道往南大步寻去。

朝阳很快蒸干了道上的露水。天空了无纤云，赤日炎炎，烤得哥哥汗珠闪烁，闷热得透不过气来。午后，愁云密布，雷声交作，大雨滂沱，哥哥在雷雨中穿行。

黄昏时分，雷雨停了。雨后的空气很是凉爽，道旁楝树上一片片细嫩光滑的叶子被雨水洗得发亮。脚下湿漉漉的草地上，晾干翅膀的蚱蜢到处飞舞。

全身湿透了的哥哥凝望着雨后天空的晚霞，不知朝哪个方向寻。他茫然地向前走着。

夕阳西坠，天色冥漠。空中，一粒极大的星子，闪耀着悦目的光芒。不久，天空幽蓝出奇，满天繁星闪烁。突然，哥哥看到星空下有头牛正向他缓缓走来，顺子依然是呆呆地骑在牛背上，向他傻笑着。一眨眼，顺子和牛不见了。

不知过了多久，精疲力竭的哥哥瘫倒在田埂上。

睡梦里的哥哥听到有匆匆而过的脚步声，他想站起来，可浑身累得没有一丝力气。不一会儿，模模糊糊地听到一个老翁的声音：昨天傍晚，一个头上有块秃疤的小伙子，疯疯癫癫地在河边的草垛旁转悠，嘴里不停地喊着“火来了，火来了”，这不，真的火来了。

哥哥猛然惊醒，霍地立起身。见天已大亮，河岸火光冲天。火是那么明亮，那么耀眼。村民们扑打着火焰，浇着水，正忙着救火。哥哥大声喊着顺子，向燃烧着的草垛冲去。

火熄灭了。草垛成了一堆草灰，蒸腾着浓烈呛人的焦灰味儿。哥哥含泪用脚踢着用手扒着红热的草灰寻找顺子，最终完全失望了。哥哥孤独地坐在草灰旁，纹丝不动，凝望着灰烬的眼睛里，充满了极度痛苦的神情。

哥哥就这么悲伤地坐着，一直坐到太阳落到了山下。

天空中剩下些朱红色的霞光，正慢慢地熄灭。哥哥忽然听到“火来了，火来了！”的叫喊声。他抬起头，只见顺子在残霞与绿树间伫立着。哥哥跑过去紧紧抱住顺子，热泪滚滚而下。

月影斜斜。坐在门槛上的哥哥惘然想着关于顺子的往事，两行眼泪挂在脸上。哥哥站了起来，擦了擦脸上的泪水，锁好门，悄悄地离开村子，踏上了第十次寻找顺子的路途。

月光渐渐西沉。田野流动着一层层薄雾。

太阳宁静地从地平线升起，灿烂。

乡　戏

题记

田田懵懵懂懂上了台，面对台下黑压压的人群，好像失去了依靠，有些木木的，脑子里一片空白。但音乐响起的时候，动作又都想起来了，精神抖擞地跳了起来。

1

乡村的日子很是单调，每到农闲，村里人喜欢聚在一起演戏，祠堂成了排练场。那些日子，会演戏的村民来到祠堂排戏，不会演戏的搬着香蒲草编的蒲团围坐在祠堂前看戏。女人们纳鞋底，汉子们抽烟袋，偶尔跟着哼哼几句。这样的排练一年会有几次，让乡村寂寞的日子有了许多乐趣。

在祠堂里做导演的是田田的父亲。田田的父亲虽说是个“土导演”，不懂什么理论，但写的剧本是这一带最好的，导的戏在乡镇演出名次最好，掌声最多。特别是父亲写的快板，能笑倒一大片人。

兄妹五个都跟着父亲学会了演戏。

二姐最会演戏，声音银铃般清脆。八岁那年，扎着羊角辫子的二姐敲着大鼓，在乡镇礼堂里说唱村里好事多，身后是十几个人组成的乐队伴奏。一亮相，父亲就感觉这节目要夺第一。二姐清脆的嗓音，传神的目光，赢得台下掌声不断。演节目以掌声多少衡量好坏，各个村都要带村民去鼓掌，父亲让村里人分散在礼堂的各处，这样就营造出了满堂喝彩的效果。那天，二姐的《说唱村里好事多》真的是满堂喝彩。人们相互打听：“这小姑娘演得这么好，是哪个村的？”

台下看戏的有一个苏州评剧团的演员，落难到了村里，她一眼看中了二姐，跟父亲说，让她教二姐学琵琶。

苏州女人的茅屋立在一片水田间。夏天，秧苗青青，微风拂面，她独自一人怀抱琵琶，在田野间弹唱，温婉非常。尖尖的指头拨弄琴弦，随着一段缠绵悠扬的琴声，她唱起了评弹。那嗓音，不知磨滑了多少乡下孩子粗粝的心，连风儿、鸟儿、云儿都凝神谛听。

二姐去了茅屋，抱起漂亮的琵琶开始学习。村里的孩子远远地看着，很是羡慕。

三姐是个大眼睛的漂亮女孩，父亲在祠堂里给学生说戏，三姐就睁大眼睛看，回家偷偷地学。一天，父亲动了私心，让三姐上台演戏。三姐非常神气，那双会说话的眼睛真的把戏演活了，就是不小心把红裤带露了出来，全场掌声雷动，三姐演得一丝不苟，直到下场后，才知道出了洋相，难为情死了。父亲抱起三姐："小孩子把裤带露出来才可爱呢，这有什么好羞的!"

三姐的戏越演越好，从这村演到那村。一次，三姐在邻村演戏，大姐在台下看戏，身旁几个妇女议论着："这小姑娘真漂亮，眼睛特别有神，就是嘴大了点。"大姐回来学给母亲听，三姐气得朝大姐直瞪眼。父亲笑着说："外国的电影明星嘴都挺大的。"三姐听了，心里乐滋滋的。

三姐个子蹿得特别高，邻居的婶子怀疑母亲把三姐的年龄记错了。就因长得又高又大，三姐常没衣服穿。一般都是过年了，母亲给做一件新褂子，到春天当春秋衫穿，到夏天当衬衫穿。可三姐的棉袄罩褂没多久就嫌短，特别是过年的鞋，不到一个月大脚趾就挤出来了。

春节后，三姐要去外村演出，老师让学生们穿新鞋，可三姐的新鞋已经破了，母亲让三姐穿哥哥的黑布鞋。平日里，三姐总是捡哥哥姐姐的鞋穿，但这次是演出，三姐坚决不穿哥哥的鞋，缠着母亲闹。母亲气得甩起三姐一屁股，三姐哭了，哭着哭着，竟在大木凳上睡着了。那木凳特别的宽，三姐等不到母亲帮她洗脚就在木凳上瞌睡了。母亲把三姐抱上了床，看到三姐的眼角挂着泪，舍不得了。母亲从柜子里翻出一双纳好的鞋底，剪鞋样，压鞋边，一直忙到天亮。

早晨醒来，三姐见床头一双绿格子布的新鞋，咧开嘴笑了。那天，三姐的戏演得格外神气。

三姐长得漂亮，戏又演得特别神气，可一年病到头。一着凉，脸就喘得乌紫。大姐背着三姐去庄后的诊所打针，走在半路上，三姐实在缓不过气来，让大姐把她放下，她趴在路旁的麦田里喘了半天爬不起来。

母亲用了村里放渡船的乔林大爷的方子，三姐果真不喘了。

三姐的喘病治好了，又闹起了肚子疼和头痛的毛病。父亲回来，见三姐像晒倦的花儿低垂着头。父亲问三丫头哪儿不舒服？三姐得到了诉说的机会，病就好了一半。

三姐身体虚弱，医生说是因为个头长得太快，营养不良。父亲就叮嘱母亲："每天给三丫头一只鸡蛋吃，让三丫头补营养。"

天天早上，母亲特意给三姐炖一只鸡蛋，其他人低头喝着稀粥。田田管不住自己的眼睛，盯着三姐的鸡蛋看。田田一看，三姐就吃不下去了，总要夹半个鸡蛋给田田。母亲提醒田田："三姐有病。"

"不是我要的，是三姐给我的。"

"是我给田田吃的，我一个鸡蛋吃不下去。"

母亲也就不再说了。

三姐天天吃鸡蛋，也没见多大起色，还是磨难不断。初夏又害了一身的疖子，疼得她没法睡觉。

母亲丢下手里的活，带三姐去小镇看病。走到卖梨的摊子前，三姐的腿迈不动了，眼睛好似掉进了梨筐里，母亲动了心，给她买了一只梨。三姐一小口一小口地吃着，吃了三里路，还抓着梨核啃。

回到家，田田看到三姐手里拿着梨核，眼睛“唰”地亮了起来，母亲把三姐嘴巴一揪：“三丫头，馋死了，不知在哪儿拣的梨核，一直啃到现在。”

三姐这才把梨核扔掉。

田田失望地走开了。

2

田田还小，只能在祠堂里看哥哥姐姐们演戏。她最喜欢看的是父亲编导的《村史》，这是根据村里一个叫秀英的女子的真实经历写的。苦命的秀英没爹没娘，挎着竹篮在雪地里讨饭，和平军扫荡村子，秀英见了就跑，和平军在后面放枪，一颗子弹击中了秀英，秀英倒地身亡……

二姐梳着大辫子，穿着破烂的衣服演秀英，哥哥和一群男孩演和平军，哥哥他们一开枪，二姐就倒在了地上。

田田还喜欢听二姐讲《村史》图片剧。图片是父亲画的，挂满了祠堂，村里人百看不厌。二姐用小木棍指着图片解说，大家跟着二姐走。讲到动人处，二姐的眼里闪着泪花，村里的老人想起过去的苦，泪也跟着往下落。二姐把父亲画的图片剧讲出了名，文化站也邀请二姐去镇上讲《村史》图片剧。

父亲把图片搁在大箩筐里用扁担挑到小镇，挂在文化站展厅的墙上。那天，听二姐讲《村史》图片剧的人很多，个个都赞叹图片画得好，二丫头讲得好。

可惜的是二姐那银铃般清脆的嗓子后来哑了。

那天，二姐学琵琶回家，饿了，盛冷饭急急地吃，结果被饭团塞住了，喉咙里呛出了泡，透不出气来。父亲背起二姐过河去找乔林大爷。

秋天的傍晚，渡口风大水冷，岸边枯黄的香蒲草被秋风吹得瑟瑟作响，更增加了渡口的凉意。

几日后，二姐的喉咙真的不疼了，但嗓子坏了，低哑着，永远唱不出那清脆的歌了。二姐伤心得落了两天泪，再也没有心思去抱那漂亮的琵琶。

苏州女人离开村子回城时，看着二姐，目光遗憾而惋惜。

五岁时，田田开始做演员，背着竹篓，拿着镰刀跳《我是公社小社员》。那次，兄妹几个跟着父亲坐船去乡镇礼堂演出，家里只剩下母亲一人。田田害怕有小偷到他们家去偷东西，坐在木船上哭。父亲说："你妈妈会把门关得紧紧的，小偷进不去。"

"小偷会挖墙洞的。"

"家里穷，小偷知道，他们不会挖墙洞的。"父亲这么一说，田田放下了那颗小小的心，跟姐姐们伏在船舷上，看着河边的香蒲草向后走去。

船到了小镇，夕阳西下。父亲和老师们忙着给大家画脸。

田田脸上涂着厚厚的油彩，开心得跳啊蹦啊，像个小疯子似的，早把母亲忘得一干二净了。吃晚饭的时候，不知是兴奋得吃不下，还是怕把口红吃掉了，只是尖着嘴嘬了几口汤。可演出开始时，田田感到困了，居然在一个老师的怀里睡着了。等到《我是公社小社员》表演时，父亲叫醒了她。

田田懵懵懂懂上了台，面对台下黑压压的人群，好像失去了依靠，有些木木的，脑子里一片空白。但音乐响起的时候，动作又都想起来了，精神抖擞地跳了起来。

一下台，父亲抱起田田夸："宝宝，跳得真好。"

演出结束后，月亮已高悬头顶，他们坐船回家。虽说是深夜了，但一点也不觉得困，一路上唱着歌，还模仿着其他村表演的节目。父亲和老师提醒他们："别跳了，当心栽到河里去。"他们安静了一会儿，又疯了起来。

船到家时，母亲和村里人伫立在河边等着他们。村里人把自家的孩子接走，没人接的孩子由父亲和老师分头送回家。

母亲犒劳他们，田田和哥哥姐姐喝糁子粥，父亲喝大米粥，虽说喝的不一样，但快活劲儿丝毫不减。

3

六岁那年，田田和村里几个女孩跳《插秧舞》，在镇礼堂出尽了风头，被镇宣传队选去参加县里的舞蹈比赛，这事惊动了全村。

父亲送她们去镇上，一路叮嘱她们不要怕吃苦，好好练舞，去县城为学校和村里捧个大奖回来，为村里人争光。

父亲的一番叮嘱，使她们对拿大奖充满了憧憬。

田田的父亲把她们托付给了镇上的导演。导演说："田校长，你放心，这个节目一定能拿大奖。去县里比赛，人数少了点，我们把镇宣传队里几个跳得好的小姑娘充实进来。"父亲说："好啊。"说完就走了。

父亲一走，她们突然感到拘束起来，团在舞台的一角，揪弄着身上的香蒲包，怯生生地打量着镇上的女孩。

一个女孩头发卷卷的，眼睛乌溜溜的，黛眉樱口，是镇上播音员的女儿，她会说普通话。还有个女孩皮肤像雪一样白，嘴角弯弯的，眼睛弯弯的，十分讨喜，可不知怎的，她朝田田她们轻蔑地一瞥，那样子就不讨人喜欢了。

排练时，田田她们没了在祠堂里排练时的那分灵气，木木的，被导演拎来拎去，做出的动作也十分别扭和难看。镇上的女孩比她们机灵，舞跳得活泼泼的。

她们看着镇上的女孩，可镇上的女孩冷冰冰的，一点也不想搭理她们。

一天，一只小鸟从舞台的窗户飞了进来，栽倒在舞台上。那瓦蓝的羽毛，粉红的小爪，很是逗人喜爱。舞台上排练的人都争着抓小鸟，小鸟扑棱着钻进了幕布里，大家都钻入幕布，鸟儿又扑棱到墙上，大家又都扑到墙上，乱成一团。

田田她们在地头野惯了，常在屋檐下捉麻雀，爬上树掏喜鹊窝，鸟儿自然被她们逮住了。镇上的女孩都围过来，要她们把鸟儿让出来。田田她们好似没有听到镇上女孩们说话，双手呵护着鸟儿，不让镇上女孩们碰一下鸟儿的羽毛，只让村里的女孩看。

晚上，月光照着粼粼的河面，她们坐在小镇的木桥上，感到孤单，非常想家。田田哭了起来，大家也都跟着哭了。

父亲听说她们在镇上舞跳得不好，就派张老师来陪她们。张老师是父亲一手培养起来的“土导演”，虽说没有镇上的导演好，但他起早贪黑地帮她们磨每一个动作，做到绝对一致才肯罢休。没几日，她们就完全找到了在祠堂里排练的感觉，跳得一点也不比镇上的女孩差。镇上的导演看着她们，不停地说：“很好，很好，就这样跳，就这样跳。”

那时穷，镇文化站没钱给她们做统一的演出服。镇上女孩的演出服由镇小学做，田田她们的演出服由村小学做。去县城比赛的前一天，镇小学的演出服一早就送来了，红布褂，绿布裤。田田看着镇上的女孩试穿漂亮的红布褂和绿布裤，心里企盼着她们也能有和镇上女孩一样漂亮的演出服。

午后，田田的父亲送来了演出服。田田做梦也没想到，是红绸褂和绿绸裤。村里人听说孩子们要到县城里演大戏，几个针线活顶尖的婶婶主动给孩子们做衣服，一针一线缝得十分精致，让镇上的导演赞不绝口。

她们穿着红绸褂、绿绸裤在舞台上跳，父亲在台下不时地朝她们竖着大拇指。临走时，父亲跟她们耳语：“你们又漂亮又好看，比镇上的女孩强。”

比赛非常隆重，要进行筛选。预赛的晚上，一个个脸上涂着油彩，格外的漂亮神气。导演让化好妆的女孩去换红褂子绿裤子。田田是最后一个化好妆换衣服的。奇怪的是她的红绸褂、绿绸裤没了。屋里人多，灯光又暗，张老师伏在一堆凌乱的衣服里找，只找到一套红布褂和绿布裤。

田田不肯穿，张老师说："没事的，穿红布褂、绿布裤一样跳得好。"田田就是哭着不肯穿，把脸上的油彩都哭模糊了，张老师急了："让你穿上就穿上！不知是谁穿错了，等演出后再说。"

田田忍着委屈穿上红布褂和绿布裤。

演出开始了。她们表演的《插秧舞》，在那晚的节目里，一枝独秀。

散场后，大家都知道了，田田的红绸褂和绿绸裤被镇上那个嘴角弯弯、眼角弯弯的女孩偷穿了。田田拿回了红绸褂和绿绸裤，吓得天天穿着不离身。

筛选了几日，一场精彩的汇报演出开始了，《插秧舞》是压台戏。孩子们演得非常成功，统一的动作，神气的目光，投入的表演，赢得了一阵阵掌声。

田田她们真的实现了父亲的梦想，为学校和村里人捧回了大奖。